Uma noite na livraria Morisaki

Satoshi Yagisawa

Uma noite na livraria Morisaki

3ª edição

BERTRAND BRASIL
Rio de Janeiro | 2024

CIP-BRASIL. CATALOGAÇÃO NA PUBLICAÇÃO
SINDICATO NACIONAL DOS EDITORES DE LIVROS, RJ

S266n Satoshi, Yagisawa
3. ed. Uma noite na livraria Morisaki / Satoshi Yagisawa ; tradução Tomoko Kimura Gaudioso. - 3. ed. - Rio de Janeiro : Bertrand Brasil, 2024.

Tradução de: 続・森崎書店の日々
ISBN 978-65-5838-294-2

1. Ficção japonesa. I. Gaudioso, Tomoko Kimura. II. Título.

24-88507 CDD: 895.63
CDU: 82-3(520)

Meri Gleice Rodrigues de Souza - Bibliotecária - CRB-7/6439

Edição original japonesa publicada por SHOGAKUKAN.
Edição brasileira por acordo com SHOGAKUKAN, através da EMILY BOOKS AGENCY LTD. E da CASANOVAS & LYNCH LITERARY AGENCY S.L.

Texto revisado segundo o Acordo Ortográfico da Língua Portuguesa de 1990.

EDITORA BERTRAND BRASIL LTDA.
Rua Argentina, 171 — 3º andar — São Cristóvão
20921-380 — Rio de Janeiro — RJ
Tel.: (21) 2585-2000,

1

Quando eu estava de folga, aproveitava para caminhar tranquilamente pelas ruas por onde costumava passar nos dias de trabalho. Era uma linda tarde de outono, o mês de outubro tinha um calor gostoso e o ar estava sereno. Pude sentir a minha pele ligeiramente suada sob o cachecol fino que estava usando no pescoço. Mesmo nos dias de semana, as pessoas caminhavam pelas ruas do bairro com passos tranquilos. Às vezes, paravam e desapareciam silenciosamente, como se tivessem sido sugadas para dentro das livrarias.

O bairro de Jinbôchô, em Tóquio, era um tanto incomum: a maioria dos estabelecimentos era de livrarias. Cada loja de livros usados naquele bairro oferecia uma seleção singular, como livros de arte, roteiros de peças teatrais, livros de história e filosofia; e itens raros, como tomos japoneses tradicionais e mapas antigos — todos únicos à sua maneira. No total, havia mais de cento e setenta livrarias. De fato, a visão de uma rua repleta de livrarias era um espetáculo a ser admirado.

Embora do outro lado da avenida fosse um distrito tomado por prédios cheios de escritórios, aquele bairro era repleto de edifícios peculiares e distintos, imunes à agitação da área vizinha. A atmosfera era tranquila, como se o lugar existisse em outra dimensão temporal. Assim, uma simples caminhada descompromissada muitas vezes fazia o tempo passar num piscar de olhos.

Eu estava seguindo para uma daquelas esquinas. Meu destino ficava logo adiante, após virar em uma rua lateral já dava para ver: uma livraria especializada em literatura japonesa moderna chamada Morisaki.

— Ei, Takako-chan. Por aqui!

Quando virei a esquina, ouvi uma voz entusiasmada chamando o meu nome. Deparei-me com um homem baixo, de meia-idade, com óculos de armação preta, acenando exageradamente para mim.

— O que foi que conversamos por telefone? Que você não precisava me esperar. Não sou mais uma criança — protestei em voz baixa.

Ele sempre agia assim, me tratando como uma criança, mas agora eu já era uma mulher de vinte e oito anos. Era embaraçoso demais ser chamada em voz alta no meio da avenida.

— Como você demorou a chegar, fiquei preocupado. Pensei que pudesse ter se perdido pelo caminho.

— Mesmo assim, não precisava ficar me esperando na frente da loja. Já vim aqui dezenas de vezes, como eu poderia me perder?

— Pois é. Bem, isso é verdade, mas, Takako, como você é um pouco desligada...

Fiquei muito revoltada com aquele comentário e revidei energicamente:

— Desligado é você, tio! Você deveria se olhar no espelho. Vai se deparar com a imagem de um cara de meia-idade todo desleixado olhando de volta!

Ele se chamava Satoru Morisaki. Era meu tio por parte de mãe e representava a terceira geração de proprietários da livraria Morisaki. O prédio original, construído por seu avô no Período Taishô, antes de 1925, já não existia mais, e dizem que o prédio da atual livraria Morisaki foi construído cerca de quarenta anos atrás. O tio Satoru tinha uma aparência um tanto esquisita. Ele usava roupas surradas e chinelo slide, e vivia descabelado, como se nunca se penteasse. Além disso, interagia sempre de modo estranho, dizendo tudo o que pensava, como uma criança. Mesmo assim, em um bairro especial como Jinbôchô, sua aparência e personalidade excêntricas pareciam funcionar inexplicavelmente bem. Na verdade, ele era querido por todos, e era difícil encontrar alguém que não o conhecesse.

A livraria Morisaki era um antigo prédio de madeira de dois andares e tinha a aparência de um sebo. Seu interior era estreito e mal comportava cinco clientes por vez. Os livros que não cabiam nas prateleiras empilhavam-se sobre elas, ao longo das paredes e até mesmo atrás do balcão do caixa. Um cheiro de mofo característico de livros velhos tomava conta do lugar. As prateleiras estavam abarrotadas de livros baratos, com preços entre cem e quinhentos ienes, mas também havia as raridades, como primeiras edições de autores famosos.

Desde a geração do meu avô, o número de pessoas que procuravam livros usados havia diminuído, e ouvi dizer que a livraria passou por momentos difíceis. O que a manteve de pé foram os clientes fiéis que amavam a loja e sempre voltavam.

§

Visitei a livraria Morisaki pela primeira vez três anos antes. Naquela época, o meu tio me deixou morar em um quarto vazio no andar de cima da loja e até disse que eu poderia ficar ali o tempo que quisesse.

Eu ainda me lembrava muito bem dos dias que havia vivido lá. Naquela época, agora me dou conta, eu me desesperava por motivos totalmente insignificantes. No início, descontava toda a minha frustração no meu tio e, às vezes, me trancava no quarto e chorava sozinha, me sentindo a mocinha de uma tragédia. Mesmo assim, meu tio foi paciente e me deu muito carinho e incentivo. Ele me ensinou que a leitura pode ser uma experiência avassaladora e que uma das coisas mais importantes da vida é enfrentar os próprios sentimentos.

Lógico que foi o meu tio quem me ensinou sobre o bairro de Jinbôchô. Na primeira vez que estive ali, fiquei perplexa com as livrarias enfileiradas lado a lado pelas ruas, e foi quando ele me disse: "Este bairro foi e é amado por gigantes da literatura há muito tempo, e é o melhor bairro de livrarias do mundo inteiro."

Meu tio dizia aquilo envaidecido, como se estivesse se gabando. Naquele momento, sendo bem sincera, eu não tinha ideia do que ele estava falando nem entendia por que aquilo era motivo de orgulho. Mas agora, depois daqueles dias, eu compreendia o que meu tio queria dizer. Sim, aquele era um bairro peculiar e único, empolgante e fascinante.

— Ei, o que vocês dois estão fazendo aí?

Depois de um tempo discutindo em frente à livraria, uma voz alta ressoou lá de dentro. Eu me virei e me deparei com uma mulher de cabelos curtos sentada próximo ao balcão, nos encarando. Era tia Momoko.

— Qual é o problema? Entrem logo! — Ela parecia impaciente e estava claramente entediada por ficar sozinha ali.

A tia Momoko era a esposa do Satoru. Ela tinha uma personalidade franca e direta e parecia muito mais jovem que o meu tio, embora tivessem quase a mesma idade. Diante dela, até mesmo o meu tio costumava se portar como um cão adestrado e dócil. Ele só ficava assim na presença da minha tia.

Por cinco anos, Momoko vivera afastada do meu tio por razões pessoais, mas voltara para ele havia algum tempo. A partir daí, ela assumiu a administração da loja ao lado dele.

— Então, Takako-chan, como tem estado? — perguntou ela, sorrindo para mim.

Momoko tinha uma postura elegante e, mesmo combinando apenas um suéter com uma saia longa, mostrava-se graciosa, provocando em mim certa inveja, mesmo que eu sequer cogitasse chegar ao nível dela nesse quesito.

— Tudo bem. O trabalho também está indo bem. E você, tia, como está?

— Estou ótima! — Tia Momoko exibiu os bíceps em uma imitação do Popeye.

— Que coisa boa!

Fiquei bastante aliviada ao ouvir aquilo. Ela havia adoecido gravemente alguns anos atrás e ainda estava em observação. Meu tio também se preocupava com a saúde da esposa, demonstrando até mesmo um zelo excessivo, a ponto de ser chato.

— Tenho *daifuku*, bolinho de arroz com recheio de feijão doce, você quer?

— Hum, quero.

Depois que a tia Momoko desapareceu no fundo da loja, o meu tio reclamou em voz baixa:

— Quando a Momoko está na loja, fico um pouco desconfortável. Eu me sinto mais livre quando estou sozinho.

— Mas você também se sente muito solitário, né? — retruquei.

De imediato, fui rebatida com uma resposta até um pouco infantil:

— Não diga besteira. Se ela ficar aqui pelo balcão, onde vou ficar? Ultimamente, tenho andado pra lá e pra cá como um cão de guarda.

— É por isso que você estava na frente da loja?

— Vou deixar que você adivinhe. — Ele disse aquilo pateticamente e sussurrou no meu ouvido. — Mudando de assunto, Takako-chan...

— O que foi?

— Consegui uma mercadoria interessante em um leilão outro dia. Ainda não a coloquei na prateleira para vender, mas você pode dar uma olhada em primeira mão.

Ele disse aquilo, mas a verdade era que estava ansioso para me mostrar o exemplar. Já influenciada pela obsessão do meu tio pelos livros, também fiquei empolgada com as palavras dele. Eu sempre me perguntava se aquilo estava no meu sangue. A razão pela qual eu visitava a loja com frequência, especialmente nos meus dias de folga, era porque queria ver os livros.

— Quero ver! — exclamei.

Tia Momoko olhou para mim e para o meu tio, estupefata, e retrucou, com a chaleira na mão:

— Como assim? Acabei de preparar o chá.

— Esta é uma livraria. O que você vai fazer senão ver os livros? Não é mesmo, Takako? — disse meu tio com firmeza.

— Sim, sim. É isso mesmo — concordei com meu tio, sorrindo.

Ela lançou um olhar furioso para nós dois e resmungou:

— Detesto vocês.

Aquela era a minha amada livraria, a livraria Morisaki. Desde aqueles dias, ela passou a fazer parte da minha vida cotidiana. Havia muitas pequenas e modestas histórias guardadas ali. Por isso, eu nunca deixaria de visitar aquele lugar.

2

A livraria Morisaki era especializada em literatura japonesa moderna.

Havia também romances contemporâneos, mas eles se resumiam aos expostos na seção de cem ienes, posicionada na entrada da loja. Do lado de dentro havia basicamente as obras literárias do Período Meiji até o início do Período Shôwa, antes da Segunda Guerra Mundial (era por isso que a loja estava tomada pelo cheiro de mofo, mas não havia nada que pudéssemos fazer quanto a isso). Talvez, por lidar com livros tão especiais, muitos dos clientes também eram excêntricos. Agora eu já estava acostumada, mas no início tinha ficado bastante surpresa.

E também não significava que lidar com eles fosse difícil. Pelo contrário, a maioria daqueles clientes não causava problemas. Eles eram apenas um pouco "diferentes", só isso. Em geral, eram quietos, ficavam compenetrados na busca por livros e depois iam embora. A maioria era composta por homens de idade mais avançada, e eles vinham sempre sozinhos. Como eu não era capaz de imaginar a vida cotidiana deles, me convenceria facilmente se alguém dissesse que eram criaturas místicas inofensivas. Era o tipo de energia que exalavam.

Sempre que eu ia ali, ficava preocupada se eles ainda frequentavam a loja. Mesmo que não tivéssemos tanta intimidade, eu torcia para que eles estivessem bem. Compartilhávamos o amor pela livraria, o que os tornava simpáticos para mim. Além disso, como eram quase todos idosos, eu me preocupava com a saúde deles. Quando um cliente conhecido entrava na loja enquanto eu estava ajudando, me sentia secretamente aliviada por ele aparentar estar bem.

Entre todas as pessoas excêntricas, era com o Velhinho das Sacolas de Papel que aparecia todos os dias na loja que eu mais me preocupava na época em que morava no andar de cima da livraria. Como o nome já dizia, o Velhinho das Sacolas de Papel sempre chegava com uma sacola de papel toda amassada em cada mão. Às vezes, as sacolas eram de lojas de departamento, outras, de grandes livrarias, como a Sanseidô. Ao que parecia, ele visitava algumas livrarias primeiro, porque as sacolas geralmente já estavam cheias de livros usados quando ele chegava à loja. Elas aparentavam estar bastante pesadas para os braços magros dele. O Velhinho das Sacolas de Papel também usava sempre um suéter cinza-escuro por cima da camisa social.

Aquilo por si só não pareceria tão estranho, mas o problema estava no suéter cinza-escuro; era tão esfarrapado que parecia um milagre que a peça ainda pudesse ser usada. Ele não estava sujo; na verdade, ele até parecia limpo, apenas o suéter tinha uma aparência deplorável, como se tivesse sido escavado de um sítio arqueológico.

Quando o vi pela primeira vez, foi um grande choque. Em diversas ocasiões espiei o velhinho na loja, enquanto ele escolhia silenciosamente os livros, e muitas vezes ficava com vontade de gritar: "O senhor precisa comprar roupas novas em vez de livros!" No entanto, alheio aos meus pensamentos, ele comprou cerca de dez livros, colocou-os em uma das sacolas de papel e saiu da loja sem dizer uma palavra.

A partir de então, eu não conseguia tirar os olhos do velhinho sempre que ele dava as caras. Às vezes, ele aparecia várias vezes na mesma semana, mas também sumia por um mês ou mais, sempre com a mesma vestimenta. Em ambas as mãos, ele sempre trazia uma sacola de papel cheia de livros. Às vezes, fazia uma compra no valor de algumas dezenas de milhares de ienes somente na livraria Morisaki, enquanto seu suéter ficava cada vez mais esfarrapado. Aquilo me intrigava muito, mas eu nunca tinha coragem para falar com o velhinho, apenas o seguia com os olhos, em silêncio, conforme ele ia embora. Um dia, resolvi perguntar ao meu tio:

— Ele compra uma grande quantidade de livros com muita frequência. Será que ele tem uma loja de livros usados em algum outro lugar do bairro?

Ele me respondeu, confiante:

— Não é para a revenda. É para ele mesmo.

— Então, tio, você consegue mesmo distinguir a diferença entre os clientes que são leitores e os que são comerciantes?

— Claro que sim. Quando você faz esse trabalho por tanto tempo, acaba entendendo certas coisas, querendo ou não.

Será que era assim mesmo? Eu mal conseguia perceber a diferença. A propósito, quando um novo cliente entrava na loja, meu tio conseguia saber, só de olhar, se ele estava ali para comprar livros ou porque encontrou o lugar despretensiosamente durante um passeio. Aquilo se chamava "intuição de longa data", disse ele.

— Então — falei toda curiosa —, o que aquele velhinho faz? Você sabe com o que ele trabalha? Acha que ele gasta tudo em livros e acaba não sobrando dinheiro para comprar roupas?

— Pare com isso — disse o meu tio como se estivesse repreendendo uma criança. — Não faça suposições desnecessárias sobre os clientes desse jeito. Uma livraria só existe para vender livros para pessoas que precisam de livros. Não devemos nos preocupar com o tipo de trabalho que elas desempenham nem com a vida que levam. Além disso, aquele velhinho não se sentiria bem se soubesse que os livreiros estavam se intrometendo em seus assuntos particulares.

A opinião do meu tio era convincente, e muito honesta enquanto pessoa que lida com clientes, e tive de admitir que ele estava com a razão. Embora geralmente fosse um pouco desleixado, meu tio sabia dizer a coisa certa quando era preciso. Em momentos como aquele, eu o admirava.

E, assim, a identidade daquele velhinho permanecia uma incógnita para mim.

§

Em muitos casos, aqueles clientes excêntricos possuíam as próprias razões para procurar livros. Fiquei impressionada ao saber que havia muitos motivos diferentes que impulsionavam as pessoas a buscar livros velhos. Por exemplo, havia pessoas que colecionavam livros raros, de todas as épocas e todos os gêneros, com o único propósito de colecioná-los. Inclusive, quando um sujeito desses, muito conhecido por essa prática, apareceu na loja e saiu insatisfeito com os nossos livros, praguejando "Não importa que seja uma obra-prima; se não for um volume raro, é um livro ruim", fiquei perplexa, me sentindo frustrada.

Havia também os chamados "sedori", revendedores de livros que faziam negócio comprando e revendendo livros usados — ou seja, adquirindo livros valiosos por um preço mais baixo e revendendo-os a outro sebo, lucrando com a diferença. Eles provavelmente nem liam os livros, nem se importavam com a qualidade. Havia, ainda, outras pessoas que iam atrás de ilustrações de artistas desconhecidos com base nas poucas informações que tinham, sem se importar com a obra em si. Além disso, havia pessoas que só compravam exemplares da primeira tiragem apenas porque queriam colocar as primeiras edições nas suas prateleiras.

Mas o caso mais curioso de todos foi o do velhinho que apareceu na loja no fim do dia, foi direto para a prateleira dos fundos — onde ficavam os títulos mais caros — e pegou os livros um a um, verificando o colofão (ou seja, as informações de produção do livro que ficam na última página) e depois os colocando de volta. Às vezes, ele parava e olhava fixamente para um ponto no colofão, balançando a cabeça em concordância com algo, ou exibia um sorriso. Para ser sincera, fiquei bastante assustada. Por fim, o velhinho, depois de inspecionar todos os livros da prateleira, saiu da loja irritado. Peguei o meu tio pela manga e perguntei o que ele tinha ido fazer ali.

— Ah, ele estava olhando os carimbos — respondeu ele sem tirar os olhos do caderno de controle de vendas, como se aquilo fosse algo normal. — É um colecionador de carimbos. Raramente vem à loja, mas é muito famoso por aqui. Acho que o nome dele é Nozaki.

— Um colecionador de carimbos? — questionei, inclinando a cabeça ao ouvir aquele termo desconhecido.

— Isso mesmo. É alguém que coleciona a imagem que é estampada no colofão de um livro.

Meu tio pegou um de seus livros encadernados bem antigos e me mostrou a última página. Era o *Declínio de um homem*, de Dazai Osamu. Na última página aparecia o carimbo estampado com "Dazai" em vermelho, no lado esquerdo do colofão. Meu tio explicou que, antigamente, os livros eram montados praticamente de forma artesanal, e, para certificar que o autor autorizara a publicação e o número da tiragem, um carimbo era adicionado. Geralmente, os autores usavam apenas o sobrenome no carimbo, como naquele livro, mas alguns carimbos eram adornados com designs elaborados como decoração.

Isso posto, o idoso parecia estar procurando aquele carimbo. Eu sequer havia prestado atenção à existência de tais carimbos até que o meu tio me falasse sobre eles naquele momento. Mas, afinal, para que ele o queria? Será que ele recortava o carimbo, o colava num álbum feito uma coleção de selos e ficava olhando para ele noite após noite com cara de contente?

— Bem, é possível — disse o meu tio como se aquilo fosse natural e continuou: — Acho que algumas pessoas os colecionam junto dos livros porque não querem cortar a página.

— Ah, não, isso é coisa de maníaco.

Neste mundo tão plural há pessoas que se encantam com a vastidão do espaço sideral e se emocionam ao ver a imensidão dele; por outro lado, há aquelas que colecionam o carimbo do colofão, algo difícil de encontrar. Eu não conseguia entender.

— Acho que ainda é um pouco impactante demais para a Takako-chan — disse o meu tio por fim e riu alto, caçoando da minha perplexidade.

§

— Olá! Com licença. — Com uma saudação bem-humorada, Sabu-san entrou na loja.

Ele fechou a porta com um grande estrondo e disse algo enigmático:

— Bem, hoje o dia está bonito. Perfeito para ler a obra de Takii Kôsaku. — Ele então se sentou em uma cadeira disposta em frente ao balcão como se fosse um direito seu.

— Vamos tomar chá? — Meu tio, já acostumado com aquilo, começou a preparar a bebida.

Sabu-san era provavelmente o cliente mais assíduo da livraria Morisaki. No entanto, isso não queria dizer que ele contribuía muito para as vendas da loja. Ele apenas aparecia com mais frequência. Era, por assim dizer, um cliente que nos visitava regularmente. Ele era um homem de boa aparência, atarracado e falante, cuja idade eu não sabia ao certo, mas que estava na casa dos cinquenta anos. Tinha uma bela careca, com exceção das laterais, o que às vezes ele mesmo usava como piada.

— Ei, onde está a Momoko hoje? — perguntou Sabu-san ao meu tio enquanto olhava o interior da loja.

Momoko era muito popular entre os clientes regulares. Ela era uma boa ouvinte, além de muito sincera, o que parecia conquistar o coração deles e mantê-los na loja. Isso levou a um estranho fenômeno na livraria Morisaki: o número de clientes que iam à loja por causa da Momoko aumentou rapidamente. Sabu-san era um deles, totalmente cativado pelas conversas com minha tia.

— Ah, ela está na outra loja.

Quando viu o meu tio apontar com o queixo para a porta com um sorriso discreto, Sabu-san fez uma careta de tédio.

— Poxa, que pena.

Recentemente, Momoko tinha começado a trabalhar à noite em um pequeno restaurante a menos de dez passos da livraria. Uma das cozinheiras se demitira repentinamente, e o dono, que estava em apuros, recorrera à minha tia, boa cozinheira e habilidosa no atendimento aos clientes. Embora eu não soubesse se era mesmo verdade, a loja, segundo a tia Momoko, estava indo de vento em popa, se comparada à situação anterior. Quando perguntei se ela estava bem de saúde depois de um trabalho tão intenso, diferentemente da livraria Morisaki, ela respondeu: "É lógico que estou bem. Satoru e Takako se preocupam demais."

— Boa tarde! — Como Sabu-san continuava me ignorando, tomei a iniciativa de cumprimentá-lo para ver a reação dele.

— Ah, Takako-chan, você está aqui...

Mesmo eu já estando em seu campo de visão, ele olhou para mim como se tivesse acabado de me notar. Desde o retorno da Momoko, ele passara a me tratar com indiferença. Antes ele gostava tanto de mim que chegara ao ponto de me pedir para me casar com seu filho, o que havia me deixado um pouco incomodada.

— Hoje eu vim para ajudar.

— Ajudar? Uma jovem perambulando pela cidade em pleno dia de semana. Tem certeza de que você tem mesmo um trabalho?

— Que pergunta mal-educada. Lá no meu trabalho a gente pode tirar folga durante a semana.

Ao ouvir a minha resposta num tom irritado, Sabu-san soltou uma risada alta. Como era possível perceber, ele era uma boa pessoa, mas também tinha seu lado sarcástico. Era conhecido por ali como uma pessoa bem-informada, e ele se orgulhava disso. Quando chegava à loja, a primeira coisa que ele fazia era perguntar ao meu tio sobre os frequentadores habituais da livraria.

— Como o velho Takigawa tem estado ultimamente?

— Faz um tempo que não o vejo por aqui. Antes ele costumava vir uma vez a cada duas semanas.

— Espero que ele não esteja doente ou algo assim.

— Ficaria aliviado se ele voltasse a aparecer.

— E quanto ao professor Kurusu? Ele tem gastado em livros o subsídio para a pesquisa dele, não é esperto?

— Ele apareceu dois dias atrás.

— E aquele cara, o Yamamoto? Estava se gabando de sua biblioteca de cinquenta mil livros, e isso dá inveja. Mas tenho certeza de que era mentira.

Sabu-san vivia falando daquele jeito. E, no fim, a conversa sempre terminava do mesmo jeito:

— Mas todo mundo envelhece. Sem novos clientes, não tem como o negócio prosperar, não é mesmo?

— Ah, concordo plenamente.

Meu tio e ele riram juntos, mas não consegui entender o motivo da graça. Eles sempre repetiam aquele tipo de conversa, e eu me perguntava se não se cansavam daquilo. Havia coisas sobre Sabu-san que nunca fui capaz de entender.

Quem era mesmo aquele Sabu-san?

Ele não visitava apenas a livraria Morisaki, mas também vários outros lugares na área de Jinbôchô, fosse dia, fosse noite, de modo que eu o encontrava com frequência em diversos pontos do bairro. Ele sempre parecia não ter o que fazer, e eu nunca o havia visto atarefado. Além disso, ele sempre comprava muitos livros, embora fossem livros baratos. Eu me perguntava onde ele guardava todos aqueles livros, a não ser que morasse num casarão bem espaçoso. O fato de que ele tinha uma bela esposa, muito estilosa quando usava quimono, também era um mistério. Então, naturalmente, uma pergunta surgia: o que Sabu-san fazia para garantir o sustento da família? Quanto mais eu pensava, mais tinha certeza de que ele era a pessoa mais misteriosa entre os frequentadores da livraria!

Na loja, ele não era mais tratado como cliente. Até onde eu sabia, mesmo com todas aquelas perguntas, o meu tio não ficava bravo com ele. Então, interrompi a conversa deles, que já havia iniciado algum tempo atrás enquanto tomavam chá:

— Sabu-san, posso fazer uma pergunta ao senhor?

— Qual é o problema? Você ficou tão formal de repente...

— Com o que o senhor trabalha, Sabu-san? O senhor fala que ando desocupada, mas é o senhor quem mais fica perambulando por aí.

Sabu-san, como se estivesse esperando a minha pergunta, abriu a boca como um detetive de um romance policial e falou, sorrindo:

— Você quer saber? — Falando aquilo, ele se inclinou para a frente e aproximou o rosto do meu. Fiquei extremamente irritada.

— Quero sim, senhor.

Já arrependida de ter começado aquela conversa, assenti em concordância, como ele desejava. Era sempre muito problemático lidar com os clientes daquela forma. Lidar com o Sabu-san significava estar preparado para enfrentar irritações frequentes.

— Você realmente quer saber?

— Bem, não é como se isso fosse mudar minha vida.

— É mesmo? Que triste.

— Está bem, então estou morrendo de vontade de saber. Se o senhor não me contar, talvez eu nem consiga dormir esta noite. Está satisfeito agora?

— Você está falando sério?

— Sim, sim, eu quero saber. O que você faz? — perguntei ao Sabu-san, já chateada com a situação.

Ele, com uma expressão de deleite, aproximou o rosto do meu e sussurrou:

— Não-vou-te-con-tar.

Fiquei boquiaberta, parecendo um peixinho dourado. Diante daquilo, Sabu-san caiu na gargalhada, com as mãos na barriga.

— Ei... Como assim?! — "Mas que sujeito insolente. Está caçoando de mim", pensei. — O que foi agora?!

— Foi uma resposta perfeita — vangloriou-se Sabu-san.

— Esse cara... Tio, você sabe?

— Bem, se não me engano...

— Satoru, pare! — Sabu-san, afobado, reprimiu o meu tio e sacudiu energicamente a cabeça em negação. — É muito cedo para a Takako-chan!

— Quase que me escapa, perdão.

— O quê? Que história é essa?

— Dizem que quanto mais misterioso, mais atraente o homem fica. Então não vou contar nada a você. Assim você continuará pensando em mim até nos seus sonhos.

— Eu detestaria isso, nem estou mais curiosa. Tanto faz — respondi, indiferente.

— Haha, você é uma mulher teimosa.

— Não, sério, eu não me importo mais. Não vou perguntar novamente — falei com uma expressão irritada.

— Bem, agora que já provoquei Takako o suficiente por hoje, vou indo.

Sabu-san, depois de tomar o chá inteiro num só gole, saiu da loja soltando um riso estranho.

— Sério, o que foi isso? Aquele cara... — falei, atônita.

Ouvindo o que eu disse, o meu tio concordou comigo:

— Sim, ele é estranho.

Realmente, aquela loja era frequentada por muitos tipos excêntricos.

3

— Onde está o Jirô-tula II? — Ao anoitecer, o meu tio de repente começou a fazer um alvoroço. Sua voz alta reverberou pela pequena loja. — Não consigo encontrá-lo em lugar algum desde que voltei de uma entrega.

— Não faço a mínima ideia — respondi rispidamente por ter sido interrompida durante a minha leitura enquanto cuidava da loja sozinha.

Meu tio sempre se comportava assim, além de não ter o menor interesse em saber o que outros estavam fazendo e era bastante desligado.

O tempo que eu passava na livraria Morisaki era sempre agradável, mas existiam momentos em que a paz era interrompida pelo meu tio. Quando eu morava na loja, ele ficava o tempo todo no hospital fazendo tratamento para lombalgia, e, por conta disso, nos víamos muito pouco. Mas agora passávamos a maior parte do tempo juntos na loja. Isso significava que eu tinha de lidar com o meu tio o tempo todo. Era terrível tratá-lo daquele jeito, ainda mais com a loja sendo dele, mas o meu tio era uma pessoa fervorosa até em relação a assuntos insignificantes, criando alvoroços como aquele pelo menos uma vez por dia.

— Ele estava aqui o tempo todo até o momento em que eu saí da loja!

Meu tio me enxotou da cadeira atrás do balcão e começou a procurá-lo desesperadamente por todo o lugar.

— Estou dizendo que não sei! Você deve ter largado por aí.

— Depois da minha vida, o Jirô é a coisa mais importante para mim no momento. Eu não o abandonaria em qualquer lugar.

Ele falava aquelas coisas gritando e, de repente, soltou um "ah!" e correu para o andar de cima. Até do andar de baixo era possível ouvir os barulhos que ele fazia.

— Aquela Momoko!

Instantes depois, o meu tio desceu as escadas com uma almofada marrom nos braços. Nunca conheci alguém, além do meu tio, que fizesse tanto alvoroço por causa de uma única almofada. Ultimamente, parecia que ele desenvolvera fístula perianal além da lombalgia e, por isso, ficar sentado em uma cadeira por longos períodos se tornara "uma tortura" para ele. Ainda mais porque o trabalho no sebo consistia em ficar a maior parte do dia sentado em uma cadeira, esperando clientes. Meu tio estava em apuros, e aquela almofada com um furo no meio, isto é, aquela almofada em forma de rosquinha, fora uma verdadeira salvação para ele. Eu tinha a impressão de que ela aliviava consideravelmente a dor, pois meu tio passara a ter total confiança nela. E, dizendo que não poderia tratá-la sem afeto, como uma almofada qualquer, tinha dado a ela o nome de Jirô-tula II, por usá-la especialmente por causa da fístula perianal. O nome não fora escolhido de brincadeira. Meu tio escolhera seriamente; isso mesmo, seriamente.

— Ufa!

Meu tio colocou Jirô no assento da cadeira e se sentou com movimentos cuidadosos, como numa cena de ação do esquadrão antibombas em um filme. Durante todo aquele tempo, ele não deixou de praguejar murmúrios contra a tia Momoko. Aparentemente, Jirô fora deixado pela Momoko na varanda para secar. Por isso, o meu tio ficou muito chateado com ela, que havia saído para seu trabalho no pequeno restaurante e abandonado Jirô enquanto ele estava fora fazendo uma entrega.

— Ainda bem que você encontrou — falei para o meu tio, que respirava aliviado depois de ter superado a crise.

— Não é fácil quando você fica velho. São muitos os problemas que aparecem com a idade.

— Pare de falar como se você fosse um velho!

— Mas eu sou um homem velho — disse o meu tio, com uma expressão abatida.

— Você ainda está na casa dos quarenta, tio — retruquei, impressionada.

Eu esperava que o meu tio continuasse com bastante energia por muito tempo, não dando o braço a torcer para coisas como uma fístula perianal.

— Você ainda é jovem. A gente chama de velho quem tem mais idade, não? — continuei.

— Mas não há solução para o que eu tenho... Dizem que somente quem sofre de fístula perianal pode entender a dor da fístula perianal — falou o meu tio com tom posudo, como se estivesse revelando uma sabedoria profunda.

Dizem que a fístula perianal é um dos tipos mais dolorosos entre as fístulas, então devia ser difícil. Mas essa frase, vinda do meu tio, me fez rir um pouco.

— Takako-chan, que tal eu providenciar uma almofada para você também?

— Não, obrigada. Não tenho fístula perianal por enquanto — respondi, indiferente, e decidi não dar mais atenção à conversa, pois já estava me cansando de lidar com ele.

Eu não sabia por que ele estava querendo arrumar a almofada para mim, não tinha ideia do que estava por trás daquilo. Será que queria nomear mais uma almofada e chamá-la de "Saburô-tula III"? Meu tio tinha muitas outras daquelas obsessões e fixações estranhas, e cada uma delas era uma dor de cabeça. Por exemplo, aquele homem quarentão insistia para que o curry que se comia em casa fosse o de sabor menos picante da Vermont Curry, uma das marcas da empresa de condimentos mais conhecidas do país. Ficava muito irritado quando Momoko acidentalmente comprava o curry de picância média para ele. Minha tia tinha me dito que aquilo era tão deprimente que ela ficava com "vontade de chutar o traseiro dele com toda a força", e eu compreendia muito bem o sentimento.

De qualquer forma, Jirô fora encontrado, e agora o meu tio provavelmente ficaria um pouco mais calmo. Fiquei aliviada e tentei voltar ao mundo da história que estava lendo. Mas aquilo durou pouco. Logo em seguida, o meu tio se aproximou de mim, deslizando com a cadeira e, com um sorriso inocente, voltou a me incomodar insistentemente:

— Ei, Takako-chan.

— ...

— O que você está lendo?

— O que você quer? Me deixa.

Mesmo agindo com grosseria ou indiferença, o meu tio, imperturbável, continuava insistindo:

— Ah, está lendo a obra de Oda Sakunosuke? — Ele bisbilhotou o exemplar de *Meoto Zenzai* que eu tinha pegado e assentiu com um olhar de entendido no assunto. — Você gosta desse livro?

— Gosto, esta é a segunda vez que o leio. Está satisfeito? Estou lendo, não me atrapalhe.

Mas o meu tio não me deu ouvidos e continuou:

— Ele é um daqueles escritores que tiveram uma vida marcada pela tristeza, não é mesmo?

Ele semicerrou os olhos, como se estivesse olhando para algo distante, e continuou a falar em um tom de voz mais profundo:

— Estou vendo que você também gosta de Oda Sakunosuke. Mas provavelmente você ainda não sabe nada sobre a vida desse homem. Ah, mas que lástima...

Quando ele começava a falar assim, era tarde demais. Ficava escancarado que ele estava ansioso para me falar sobre o autor. Provavelmente, ele não iria mais me deixar em paz até que eu tivesse ouvido tudo o que ele queria me contar. Meu tio tinha um conhecimento incomum não apenas sobre as obras como também sobre a vida de seus respectivos autores. Ele adorava ler autobiografias, memórias, biografias e coleções de cartas de seus autores favoritos mais do que comer as três refeições do dia. Isso já não tinha nada a ver com o negócio do sebo, era um verdadeiro hobby do meu tio. Ele adorava livros, incluindo informações como o tipo de vida que o autor levou, como ele viveu, como amou e como deixou este mundo. Isso por si só era certamente maravilhoso. Entretanto, o meu tio adorava contar às pessoas como se ele mesmo tivesse testemunhado. Dessa forma, ele me falava sobre a vida de vários escritores, como Dazai Osamu, Fukunaga Takehiko e Satô Haruo, entre outros... Informações sobre vários autores. Eu achava interessante saber como fora a vida de escritores que deixaram seus nomes para as gerações posteriores, mas eu também tinha os meus compromissos e ritmos. Às vezes, eu não estava com vontade de ouvir, mas o meu tio nunca se importava com as minhas vontades quando ficava entusiasmado. Seus olhos por trás dos óculos se iluminavam, e ele passava a falar até ficar plenamente satisfeito.

Suspirei deliberadamente alto (embora de nada tivesse adiantado), então desisti de ler e fechei o livro. Meu tempo de leitura estava perdido. Eu não tinha escolha. Já que era assim, resolvi escutá-lo.

— Sakunosuke levou uma vida triste?

— Sim, parece que foi esse o destino que ele carregou.

— Pelo estilo dele, tenho a impressão de que foi assim mesmo.

— Muitas de suas obras são baseadas em experiências reais.

Meu tio ficou satisfeitíssimo com o meu interesse pela história e assentiu profundamente. Então começou a falar com entusiasmo sobre a vida de Oda Sakunosuke. De acordo com ele, a vida de Sakunosuke havia sido de fato repleta de dificuldades: ele contraíra tuberculose quando era estudante e também abandonara a universidade por causa de uma série de acontecimentos infelizes, se apaixonara perdidamente por uma mulher chamada Kazue, que trabalhava em uma *kissaten* — uma cafeteria tipicamente japonesa —, casara-se com ela e decidira se tornar escritor. Porém, demorara a ser reconhecido e passara um longo período na pobreza, cada vez mais frustrado. Mais tarde, graças à sua dedicação, ele finalmente fora reconhecido por seus romances *Zokushû* e *Meoto Zenzai*, finalmente iniciando uma carreira literária. Alguns anos depois, no entanto, sua amada esposa adoecera e falecera... Sua vida fora muito dramática, como a de um protagonista de um drama de TV, cheia de altos e baixos.

— Dizem que Sakunosuke desatou a chorar quando Kazue morreu, sem se importar com as pessoas em volta. Para ele, Kazue foi a primeira pessoa em sua vida a quem ele amou de verdade, e que também deu amor a ele. Perdendo o seu apoio emocional, a vida de Sakunosuke se tornou um completo desastre e sua tuberculose foi se agravando. Ele provavelmente já previa a morte da esposa. Disse a Kazue, quando ela estava deitada em seu leito de morte, chorando, que se encontrariam em breve. E passou o restante de seu tempo se embriagando, tomando café e buscando consolo nas mulheres. Escrevia romances mesmo cuspindo sangue — continuou a falar o meu tio sem hesitar, como se realmente tivesse memorizado tudo.

Naquele momento, percebi que essa era uma habilidade especial do meu tio. Àquela altura, eu já estava completamente envolvida na conversa e ouvia o que ele dizia com atenção.

— Nos últimos anos, quando já estava mental e fisicamente esgotado, ele passou a usar metanfetamina para escrever seus romances. A doença havia progredido, e seu corpo estava destruído, a ponto de não conseguir mais segurar uma caneta sem ela.

— Metanfetamina... É um alucinógeno, certo?

— Exato. Hoje em dia é impensável, mas naquela época era fácil conseguir nas farmácias. Ouvi dizer que ele tomava e ficava acordado por dias escrevendo romances.

— Uau... — Aquilo era realmente inimaginável nos dias de hoje. Mesmo que a época e a circunstância tivessem sido diferentes, ainda assim não deixava de ser uma história trágica.

— Mas não era só o Oda Sakunosuke. Havia muitos escritores que usavam metanfetamina regularmente. Sakaguchi Ango também era famoso por ser *Ponchu*.

— *Ponchu*?

— É uma palavra que soa um pouco engraçada, mas significa...

— Sim, um dependente de metanfetamina.

Soltei novamente um "Uau".

— Uma lástima. — Meu tio balançou a cabeça para os lados, lamentando tudo aquilo. — Mas no coração de Sakunosuke sempre havia a presença de sua esposa, Kazue. Em uma de suas obras-primas, o conto "Kyôba", o protagonista, um homem desesperado cuja esposa faleceu, gasta todo o dinheiro da empresa e aposta insanamente, da manhã à noite, no cavalo de corrida "número um". A única razão pela qual ele fez isso foi porque o nome de sua falecida esposa era Kazue, que levava o ideograma "um" em seu nome. É impossível saber como Sakunosuke se sentia quando escreveu esse conto, mas não há dúvida de que ele se inspirou em Kazue.

— Sim... Com certeza... — Eu ficava muito sensibilizada quando se tratava de histórias como aquela. Só de pensar, ficava melancólica.

— Ele continuou a escrever seus romances com obsessão, quer estivesse drogado, quer estivesse vomitando sangue. Quando teve uma hemoptise maciça e foi levado para o hospital, ficou furioso, se debatendo e gritando para que o tirassem de lá porque tinha de continuar a escrever. Mas, finalmente, ele desabou em uma *ryokan*, uma pousada de estilo tradicional, e, dessa vez, não se recuperou mais. E, em 1947, com a tenra idade de trinta e três anos, faleceu.

— Trinta e três anos... Se ele estivesse bem de saúde, teria conseguido escrever muito mais — falei, tomada por um sentimento de lamento.

— Se ele tivesse vivido mais, o que teria produzido em termos de obra literária? — continuou falando o meu tio com uma expressão profundamente emocionada, tudo isso sentado em uma almofada em forma de rosquinha. — Mas foi justamente por ter tido uma vida tão curta, por estar consciente da morte, que se acendeu nele o desejo de viver plenamente o que lhe restava e escrever seus romances. Daí vem sua tenacidade. Se pensarmos bem, muitos escritores tiveram uma vida curta, e talvez por isso mesmo eles tenham conseguido escrever obras tão maravilhosas. Oda Sakunosuke também deixou para trás, apesar de ser um número pequeno, contos realmente maravilhosos. Se isso foi bom ou não, teria de perguntar ao falecido lá no céu.

Murmurei um "pois é" e olhei para a lombada dos livros alinhados nas estantes.

— Pensando bem, vejo que a maioria dos autores desses livros não está mais neste mundo. É um pouco estranho. As obras deles permanecem, e ficamos emocionados ao lê-las.

Eu tinha de concordar plenamente com ele. A maioria daqueles autores tinha partido para um mundo bem longe daqui, e me bateu uma leve melancolia ao refletir sobre isso.

— É incrível que os pensamentos dele tenham sido deixados como legado desta forma — continuou o meu tio. — Não só os escritores, mas os artistas em geral. Graças a eles, podemos aprender muito com o que os nossos antecessores deixaram para trás.

Balancei a cabeça várias vezes, concordando com o meu tio:

— Sim, isso é verdade.

Quando dei por mim, o sol já havia se posto e o céu, visto pela janela, estava de um tom azul-escuro. Era quase hora de fechar. Parecia que eu estava envolvida no ritmo do meu tio e tinha passado muito tempo conversando. Mas, tudo bem, "isso não é tão ruim". Foi o que pensei enquanto refletia sobre a vida de Oda Sakunosuke.

§

A propósito, eu achava que a razão pela qual o meu tio se interessava tanto pela vida de escritores era porque ele queria aprender algo com eles, tinha a ver com o desejo de entender mais sobre si mesmo. Ouvi dizer que o meu tio, quando jovem, sofreu bastante tentando dar sentido à própria existência. Na época em que tinha vinte e poucos anos, ele economizava dinheiro enquanto estava no Japão, colocava sua mochila nas costas, percorria o mundo sozinho por vários meses e, quando o dinheiro acabava, voltava novamente. Isso era o que chamávamos de "autodescobrimento". Senti um pouco de constrangimento ao colocar isso em palavras assim, mas achava legal que o meu tio pudesse fazer isso sem hesitar, enquanto eu, que era muito tímida, não conseguia agir da mesma forma.

Uma vez, quando visitei a casa do meu tio, em Kunitachi, vi algumas fotografias daquela época. Eram fotos tiradas nos dias após sua partida, onde ele aparecia como um jovem de apenas vinte anos. Eu nunca vira o meu tio tão jovem daquele jeito, pois eu era apenas um bebê, então não tinha nenhuma lembrança dele nessa idade. Era a foto de um homem bronzeado, com barba por fazer, bochechas encovadas, e estava parado em uma rua movimentada no Nepal ou na Índia (o meu tio não se lembrava do local ao certo). Com os olhos brilhantes, seu olhar estava concentrado na câmera.

— Uau, parece outra pessoa! — exclamei, quando vi a fotografia. Não era exagerado afirmar que era outra pessoa, pois aquele na fotografia emanava uma aura completamente diferente da que o meu tio emanava hoje.

— Lógico, eu era jovem. Passaram-se quase trinta anos.

— Não é só isso, na foto você também tem um certo ar fascinante — falei ao olhar seriamente para a imagem.

O jovem tio da foto me encarava de volta com o olhar enérgico. Ele me encarava com aquela expressão de outrora, e agora havia se tornado um tio que fazia um grande alvoroço só porque não conseguia encontrar sua almofada. Não se podia prever o decurso da vida.

— Bem, eu estava angustiado com muitas coisas naquela época. Quando não estava viajando, estava lendo livros. — Ele coçou a cabeça, os cabelos desgrenhados, e riu alto, como se estivesse rindo do próprio passado.

Tia Momoko, que estava ao lado dele, riu junto, dizendo:

— Não dá para deixar de rir todas as vezes que vejo essa foto.

Disseram-me que, das tantas viagens que o meu tio fizera, aquela era a única foto que ele havia tirado.

— Eu a tirei porque foi a minha primeira viagem e me senti inseguro, mas depois disso nem sequer levei uma câmera comigo — disse ele com simplicidade.

— Não acredito. Que pena...

— Que bobagem. Não vale a pena guardar fotografias.

— Hum, é mesmo? Foi nessa época que você conheceu Momoko em Paris?

— Acho que conheci você bem mais tarde, não foi? Naquela época, não estava acabado como agora. Tinha um olhar mais carinhoso. Se Satoru fosse como é hoje em dia, eu nunca teria me aproximado dele.

— Como você pode me dizer uma coisa assim tão terrível?

— Mas olha só pra você, parece que está prestes a matar alguém.

Meus tios diziam aquelas coisas um para o outro e riam juntos. Tia Momoko beliscou as bochechas do marido, e ele permitiu, continuando a dar risadas. (Momoko tem o hábito esquisito de beliscar as bochechas das pessoas com quem ela tem intimidade.) Eles são um casal muito engraçado.

— Eu me lembro de que o meu pai e eu não nos dávamos bem naquela época e costumávamos discutir muito. Se bem que eu vivia sendo motivo de preocupação para ele, não dava sossego.

Meu sogro e você têm personalidades muito diferentes. É mesmo. Somos muito diferentes!

De fato, o meu avô fora um homem muito rígido. Uma pessoa de poucas palavras, ele nunca contava uma piada e sempre tinha rugas verticais profundas entre as sobrancelhas. Parecia considerar que a beleza da vida consistia em viver à base do rigor. De acordo com o que a minha mãe contou, a esposa do primeiro casamento dele morrera cedo, e ele já estava perto dos cinquenta anos quando se casou com a minha avó. Normalmente, pais que têm filhos já com uma idade avançada acabam por mimá-los. Mas o meu avô não seguira essa linha de raciocínio, e a minha mãe e o meu tio foram educados com muito rigor quando crianças. Ele impôs sua visão até mesmo no gerenciamento da livraria: nunca cedia, às vezes até mesmo recusando clientes que passavam apenas para dar uma olhada. Era muito diferente do jeito do meu tio de fazer as coisas.

— Mas agora você assumiu a loja do vovô, né, tio?

— Bem, é estranho, não é? Espero que ele não esteja bravo comigo no mundo do além — disse o meu tio em tom de brincadeira.

— Ele deve estar se revirando no túmulo de tanta raiva. Deve estar fazendo um grande estardalhaço sobre isso e colocando todos ao seu redor em apuros — disse Momoko, e mais uma vez eles caíram na risada.

Apesar da diferença na personalidade, eu tinha certeza de que eles eram iguais nos aspectos mais importantes. Disso eu não tinha dúvida.

Olhei novamente para a fotografia na escrivaninha. O tio que estava ali era totalmente desconhecido. Seus olhos brilhantes pareciam zangados, perdidos e tristes. Dirigi algumas palavras a ele através do coração: "Não se preocupe, você vai encontrar muitas pessoas calorosas no futuro e não precisará mais ficar com esse olhar triste. Você viverá como proprietário de uma livraria e será amado por todos, mesmo que sofra de lombalgia e de fístula perianal. Portanto, não precisa se preocupar."

4

Subôru era uma *kissaten* localizada a apenas três minutos a pé da livraria Morisaki. Com mais de cinquenta anos de tradição, era amplamente conhecida por todos na região. No passado, muitos dos grandes escritores que moravam no bairro de Jinbôchô frequentavam o local. As paredes do interior da loja eram de pedra, e as lâmpadas forneciam pouca iluminação, além do rico aroma de café que tomava conta do lugar, deixando as pessoas imersas em tranquilidade. A loja costumava ficar lotada de clientes, mas não era nada barulhenta. Na verdade, o murmúrio das pessoas misturado à melodia de piano que tocava discretamente era até agradável aos ouvidos. Desde que meu tio me levara ali no fim do verão, três anos atrás, eu me apaixonei pelo ambiente e pelo café, e agora havia me tornado uma cliente fiel.

O dono da *kissaten* Subôru era um homem magro, careca e austero que aparentava ter pouco mais de quarenta e cinco anos. Ele tinha uma aparência intimidante à primeira vista, mas, na verdade, era simpático e fácil de conversar. Quando sorria, rugas suaves apareciam ao redor dos olhos. Sempre que eu abria a porta da frente da loja, ele era o primeiro a me dar as boas-vindas enquanto preparava o café do outro lado do balcão.

Como sempre, nessa noite também fui recebida com a simpatia do dono.

— Olá, Takako, seja bem-vinda.

— Boa noite, mais um dia de casa cheia, né?

Enquanto o cumprimentava, olhei para o interior do lugar. Havia mais pessoas que o habitual.

— Graças a todos vocês. As *kissaten* estão entrando na alta temporada — disse o dono do café enquanto polia uma taça e me dirigia um sorriso arteiro. — Quando esfria, as pessoas ficam com vontade de tomar um café quentinho, sabe?

— Então é isso.

Na verdade, a *kissaten* estava sempre movimentada, fosse na primavera, fosse no verão. Entretanto, o café, que já era gostoso, se tornava inigualável quando tomado no inverno. Os outros clientes provavelmente pensavam da mesma forma.

— Então, hoje você marcou um encontro?

— Sim, isso mesmo.

— Ah, sim. Entendi. Fique à vontade.

Sorri e fiz uma leve reverência abaixando a cabeça, em forma de agradecimento. A garçonete chegou imediatamente, como se já estivesse me esperando, e me guiou até uma mesa à janela que acabara de ficar disponível. Para falar a verdade, eu usava aquela *kissaten* como ponto de encontro com o meu namorado, Wada. Ele trabalhava ali perto, então era o lugar perfeito para nos encontrarmos.

Quando Wada se atrasava para o nosso encontro por causa do trabalho, eu o esperava ali enquanto lia e tomava uma xícara de café. Naquela noite, peguei o meu livro favorito, que sempre mantinha na bolsa, e o abri imediatamente. Era um momento tranquilo e emocionante antes da chegada da pessoa que eu amava. Esperar pelo meu amado enquanto lia um livro na minha *kissaten* favorita me parecia um luxo.

Depois de ler por cerca de meia hora enquanto esperava, ouvi uma batida na janela. Wada estava do outro lado do vidro e levantou levemente a mão quando nossos olhares se encontraram. Assim que acenei em resposta, ele se dirigiu para a entrada.

— Desculpe pela demora — disse ele enquanto se sentava à minha frente, um pouco ofegante, como se tivesse vindo correndo.

Ele estava usando suas roupas habituais, pois a empresa em que trabalhava (uma editora que lidava com materiais didáticos) permitia que os funcionários se vestissem como quisessem. Wada geralmente usava paletó e calça slim ou social. Segundo ele, aquilo se devia ao fato de que era "muito trabalhoso escolher", mas eu achava que aquele tipo de traje mais formal combinava muito com ele. Hoje, ele apareceu usando um paletó preto elegante e calça social cinza, que lhe caíam perfeitamente bem.

— Não esperei, acabei de chegar — falei, fechando o livro e sorrindo.

— Ainda bem então. Fico aliviado.

Com um sorriso doce, Wada olhou para mim. Sem dizer uma palavra, me encarou. Como me olhava compenetrado, comecei a me sentir incomodada e, em seguida, notei finalmente que o olhar dele se dirigia para o livro na minha mão, e não para mim.

— Ah! É uma coletânea de obras de Inagaki Taruho? — perguntou, animado.

— Ah, é sim, isso mesmo... — Fiquei um pouco frustrada com aquilo porque foi a primeira coisa que ele disse depois de termos ficado uma semana sem nos ver, mas ele não pareceu notar.

— O *Mil e um segundos de história* é ótimo, né?

Vendo Wada tão feliz, quase imediatamente mudei de ideia e assenti em concordância.

— É uma obra perfeita para ser lida em um lugar como este. É curta, engraçada e vai bem com café.

— Todos os títulos são engraçados, tipo *A história do eu que deixou cair o eu* e *A história de como meu amigo virou a Lua*, que faz todo mundo rir, né?

— Sim, é engraçado. Por isso, já reli este livro umas cinco vezes.

Wada também era um amante de livros. Ele gostava especialmente de romances japoneses antigos e sabia muito mais do assunto do que eu, uma leitora recém-ingressada naquele meio. E, como muitos amantes de livros, ele parecia se interessar pelo que as outras pessoas estavam lendo, procurava saber sobre cada um dos livros que eu lia. Se fosse um dos que ele gostava, ficava sorridente. Entretanto, se fosse um livro de que ele não gostava ou que nunca houvesse lido, fazia uma cara triste, como uma criança quando tem diante de si um prato de que não gosta. Sua expressão ficava tão evidente que fazia com que eu me sentisse culpada, como se tivesse cometido uma terrível traição. Mas, na verdade, ver a cara dele daquele jeito me gerava também um pouco de satisfação. Em relação ao dia de hoje, pareceu ser um dia "de sorte" para ele, pois o Wada triste não comparecera.

— Pensando bem, quando nos encontramos aqui pela primeira vez, você também estava lendo o Inagaki Taruho.

— É mesmo? Só me lembro de estar lendo um livro...

— Sim, tenho certeza disso. Tenho uma memória muito forte daquele dia. — Fiquei muito encabulada ao ouvir aquelas palavras enérgicas vindas do Wada, de modo que acabei disfarçando com risadas.

Conheci Wada havia cerca de um ano, quando nos encontramos naquela *kissaten* certa noite e tomamos café juntos. Ele já era cliente da livraria Morisaki, e já tínhamos nos visto, mas aquela foi a primeira vez que conversamos de verdade. Pensando bem, foi a partir daquele momento que me senti um pouco atraída por ele. Tivemos um bom relacionamento desde então, mas foi só um pouco antes do verão que concordamos oficialmente em namorar, e já estávamos perto de completar três meses. Eu gostaria de chamá-lo pelo primeiro nome, Akira, mas ainda o chamava de Wada, um vestígio da época em que nos conhecemos. Na verdade, eu estava em dívida com o dono daquela *kissaten*, que dera força para que nosso namoro acontecesse.

Wada era educado e gentil, não gostava que os holofotes o iluminassem mais que o necessário. Por exemplo, quando estava em um local lotado, ele se afastava e ficava ouvindo a conversa de todos silenciosamente com um sorriso no rosto, de vez em quando dando uma opinião inteligente sobre o que estavam falando. Wada era esse tipo de pessoa. No entanto, também tinha uma parte excêntrica e de vez em quando mostrava o seu lado teimoso, como aquela vez em que anunciou: "Hoje eu quero lula à milanesa. Já me decidi desde esta manhã. É por isso que não quero encher o meu estômago com mais nada." Ele era uma pessoa difícil de compreender. No entanto, ao mesmo tempo, eu apreciava muito aquele seu lado ligeiramente misterioso.

Tínhamos dias de folga diferentes, e Wada ficava mais ocupado com o trabalho no fim do mês. Além disso, ele geralmente tinha de sacrificar os fins de semana. Por isso, muitas vezes só nos víamos rapidamente à noite. O fato de que os nossos dias de folga não coincidiam era uma questão considerável para nós hoje em dia. Ambos éramos pessoas sérias, então não havia como fugir do trabalho, o que inevitavelmente limitava o tempo que podíamos passar juntos. Eu me sentia muito frustrada com essa situação, mas também compreendia bem que aquilo era algo que não podia ser evitado. De qualquer forma, estávamos nos vendo depois de uma semana, e, enquanto conversávamos sobre sair para jantar e bebíamos uma xícara de café, Takano surgiu do fundo da loja, o que não era habitual.

Takano era o responsável pela cozinha do Subôru. Era alto, franzino, de aparência muito frágil e tinha um jeito tímido de falar. Disseram-me que ele estava treinando naquela ***kissaten*** porque pretendia abrir a própria loja um dia.

— Takano, quanto tempo!

— Olá, Takako! E, ahn, boa noite também, Wada-san.

Takano era bastante tímido e, por isso, parecia que ainda não estava acostumado a lidar com Wada, a quem conhecera havia pouco tempo.

— Olá, boa noite. Você deve ser Takano — respondeu Wada com um sorriso agradável, deixando tranquila a expressão no rosto de Takano. Wada tinha algo que fazia com que as pessoas se sentissem tranquilas.

Mesmo depois de terminados os cumprimentos, Takano continuou nos rodeando como uma hiena que tentava roubar a presa do leão sem um motivo aparente. Era um pouco assustador, então perguntei a ele o que desejava.

— Ah, não é nada... Pode ser numa outra hora.

No momento em que o Takano respondeu, ouviu-se o grito do dono da *kissaten*, chamando-o. Imediatamente, Takano voltou aflito para a cozinha.

— O que foi isso? — perguntei enquanto inclinava a cabeça e o via desaparecer em uma velocidade vertiginosa.

— Ele estava agindo de forma estranha, né? — Wada também inclinou a cabeça.

— Ah, não é a primeira vez que o Takano age assim.

— Bem, então não há com o que se preocupar.

Depois de falar um pouco sobre Takano, saímos da loja.

§

Passeamos pela livraria Sanseidô, que já estava prestes a fechar, comemos no restaurante popular favorito do Wada e caminhamos um pouco pelas ruas do bairro. No dia seguinte, nós dois teríamos trabalho. Como eu tinha de participar de uma reunião de manhã cedo, decidi voltar direto para casa. Pedi ao Wada que me levasse até a estação de trem. O apartamento do Wada ficava a quinze minutos de caminhada da região dos sebos. Até agora, eu havia visitado o apartamento apenas algumas vezes, mas ficara bastante chocada na minha primeira visita.

No caminho até o apartamento, Wada me avisara várias vezes que "o ambiente estava sujo", o que se mostrara a pura verdade, estava mesmo sujo. Para começar, assim que entrei, notei que havia roupas espalhadas e embalagens de comida de loja de conveniência por todo o chão. Um número considerável de livros estava espalhado aleatoriamente pelo sofá e pela mesa por causa da falta de espaço nas prateleiras. A situação da cozinha estava ainda mais trágica, a pia estava lotada de panelas e pratos sujos transbordando, uma cena deplorável. Eu não diria que não havia lugar para pisar, mas já não podia dizer o mesmo quanto a se sentar. O guarda-roupa semiaberto continha muitos livros velhos. Alguns deles aparentavam valer muito dinheiro, mas pareciam ter sido guardados de qualquer jeito, e por isso demandaria muito trabalho apenas para organizá-los. Dada a sua condição caótica, seria melhor que levássemos todos para a livraria Morisaki numa ocasião futura.

— Realmente peço desculpas. Cheguei a pensar em dar uma arrumada nisso... Mas fiquei um pouco ocupado no trabalho esta semana e acabei não tendo tempo.

Eu já estava tensa antes de visitar o apartamento, mas quando vi a cena fiquei aliviada e ri bastante. Senti que tinha visto um lado surpreendente dele de uma forma realmente inesperada.

— Bem, mas o apartamento de um homem solteiro costuma ser assim mesmo, não? — Quando falei aquilo, Wada, que estava completamente aflito, pareceu um pouco aliviado.

Foi uma surpresa por se tratar do Wada. Será que era uma característica comum a todos os homens? Mas, já que era a primeira vez que ele levava a namorada para visitar o seu apartamento, teria sido bom se tivesse deixado o lugar um pouco mais limpo...

— O que você fazia em relação a isso quando estava com a sua ex? — perguntei discretamente.

— Ah, bem, quando eu me dava conta, ela já tinha sempre deixado tudo em ordem, porque ela gostava de tudo limpo... — respondeu Wada com um sorriso irônico.

Imediatamente me arrependi de ter feito uma pergunta tão desconfortável. E também me odiei por ter sondado o passado dele várias vezes. Wada já havia levado a ex-namorada algumas vezes na livraria Morisaki. Ela era uma mulher alta e esguia, com um rosto muito bonito. Naquela época, eu só o conhecia de vista, então eu observava os dois com um sorriso despreocupado, pensando que eles compunham um belo casal, formado por um belo homem e uma bela mulher. Mas, agora que a situação havia mudado, a cena se tornara algo que eu queria socar em uma caixa de papelão no meu guarda-roupa, junto dos meus livros. Decidi deixar aquele quarto tão bonito quanto ela costumava deixá-lo, permitindo que os meus sentimentos de ciúme bobo aflorassem. E assim, naquela tarde, eu me transformei em uma máquina de limpeza demoníaca, sem me importar com o fato de o Wada estar desorientado ao meu lado. No fim, ele deixou que eu dormisse no apartamento dele naquela noite.

§

Quando Wada me abraçava com força, eu percebia que havia algo como um núcleo dentro de mim, e que era como se esse núcleo estivesse sendo apalpado por ele. Talvez aquela fosse a primeira vez na vida que me sentia assim. Ao mesmo tempo, às vezes eu me perguntava se Wada gostava da companhia de uma pessoa comum como eu.

No bairro de Jinbôchô, conheci muitas pessoas interessantes, inclusive o tio Satoru (até mesmo aquele Sabu-san era interessante), mas também percebi que eu era uma pessoa ignorante e insignificante. E frequentemente me sentia insegura. Queria estar mais tempo com Wada e compartilhar mais coisas, mas não sabia se ele sentia o mesmo. Eu não era boa em relacionamentos e nunca sabia como me comportar. Talvez por ser assim eu tivesse tido um terrível desentendimento com a pessoa com quem havia me relacionado antes, porque tinha descoberto que o sentimento era unilateral, só tinha amor da minha parte. Eu tinha total certeza de que Wada não era aquele tipo de pessoa, mas, se me perguntassem do quanto ele precisava de mim, não saberia responder.

Wada não era do tipo que demonstrava as próprias emoções. Por isso, às vezes, eu ficava matutando sobre o que ele estava pensando. O que basicamente ele esperava de uma namorada, se gostava mais de mim do que da ex, se comparava, essas coisas... Eu não era tão bonita quanto ela... Ficava pensando nisso como se estivesse num círculo sem fim. Entretanto, uma coisa estava bem evidente: eu queria entender os meus sentimentos corretamente e transmiti-los à outra pessoa com as minhas palavras. Com toda a certeza, não queria simplesmente conter aqueles sentimentos e aquele relacionamento que tinha iniciado com Wada.

A leitura havia influenciado tão profundamente minha vida que a levou por caminhos totalmente inesperados. Através dos livros, pude explorar as mil formas de amor, o que me fez perceber que eu precisava valorizar cada vez mais esse sentimento.

— Faz bastante frio à noite, né?

— É mesmo.

Subimos lentamente a suave ladeira até a estação de Ochanomizu. A estação de Jinbôchô seria muito mais próxima, mas escolhemos o caminho mais longo. Ao contrário da rua de sebos que já adormecera desde cedo, naquela rua havia vários bares e restaurantes, além das lojas de instrumentos musicais — estava ainda bem iluminada, muitas pessoas caminhavam por ali e havia um grande movimento de carros.

Eu ainda queria ficar com ele. Mas tinha de ir para casa.

Minha cabeça ficava repetindo aqueles pensamentos. Olhei de canto de olho para Wada, que andava ao meu lado. Ele caminhava suavemente, um passo de cada vez, com uma sensação de eficiência, quase sem fazer barulho. Esse era o jeito dele. Será que Wada ao menos se sentia um pouco triste com a ideia de se despedir de mim? A expressão dele parecia a mesma de sempre.

Enquanto caminhávamos, conversamos sobre qual seria o melhor livro para ler antes de dormir. Surpreendentemente, Wada respondeu sério que, se lesse um livro na cama, não conseguiria dormir; portanto, se fosse ler algo, preferiria ler uma lista telefônica. Eu, depois de matutar muito, finalmente citei a coletânea de poemas *Chieko-Shô*, de Takamura Kôtarô.

— Na verdade, talvez eu prefira não ler muito antes de dormir, porque não conseguiria desfrutar a leitura completamente até o fim.

— Ora, as nossas respostas são bem fajutas — Wada riu e continuou —, mas você considera *Chieko-Shô* um livro muito importante, né?

— Com certeza! Não conheço nenhuma outra obra tão cheia de amor como essa.

— Concordo, mesmo depois que Chieko adoeceu mentalmente, o amor dele por ela ficou cada vez mais forte, e seus poemas se tornaram mais bonitos, como se estivessem respondendo a isso.

Alguns dos poemas de *Chieko-Shô* estavam incluídos até mesmo em livros escolares, e, portanto, era óbvio que eu já os conhecia. Ao reler *Chieko-Shô* desde o começo, no entanto, achei-os surpreendentemente comoventes. Desde o encontro, o casamento, a doença e a separação pela morte... Os dias do autor com Chieko, o que passaram juntos pela vida, as alegrias, ansiedades, tristezas e dores do amor... aquelas várias emoções se transformaram em palavras, que se juntavam para formar poesias capazes de emitir uma luz radiante. Provavelmente, *Chieko-Shô* era um livro importante e insubstituível para muitas pessoas. E eu era uma delas. Sempre que o lia, o meu coração ficava apertado. As palavras já não eram necessárias. Por esse motivo, eu me permitia abrir aquele livro somente quando realmente ficava com vontade de lê-lo — porque queria valorizar a emoção que eu sentia por meio da leitura, e, toda vez que o lia, acabava chorando. Não importava quantas vezes eu o lesse, as lágrimas sempre brotavam. Só de pensar nele agora lágrimas brotavam nos meus olhos. "Acho que seria maravilhoso se eu pudesse expressar os meus sentimentos desse jeito." Enquanto eu pensava naquilo, a estação de trem já havia aparecido no meu campo de visão. Era hora de me despedir.

— Boa noite.

E com essas palavras nos separamos. O momento mais melancólico do dia para mim. Eu procurava sempre encontrar outra palavra naquela situação, mas nunca conseguia. Fiquei parada em frente à catraca da estação de trem por um bom tempo, olhando Wada de costas, se afastando gradualmente. Naquela noite, pela primeira vez em muito tempo, pensei em ler *Chieko-Shô* um pouco antes de ir para a cama.

5

O outono estava cada dia mais frio, e o inverno se aproximava.

O vento seco que passou a soprar era gelado, e as folhas das árvores da alameda mudavam de cor gradualmente. Antes que percebêssemos, o sol já passara a se pôr cada vez mais cedo, e as noites ficavam mais longas e mais escuras.

Aquela era a minha época favorita do ano. Era o momento da despedida do outono, antes que o inverno atingisse sua plenitude. O céu azul-claro e suave me fazia querer parar e contemplá-lo por horas a fio. Eu costumava ir a pé para o trabalho, e olhar para o céu havia se tornado um hábito para mim.

Atualmente, eu estava trabalhando em uma agência de design em Iidabashi. Era uma agência pequena, que produzia principalmente folhetos e panfletos. Estava trabalhando lá havia quase três anos, se incluísse o período em que trabalhei em meio período. Basicamente, a maior parte do trabalho era individual e, por isso, o horário de expediente e os dias da semana não eram estritamente fixos, todos tinham relativa liberdade para fazer o que quisessem desde que cumprissem as tarefas solicitadas. A empresa onde eu trabalhava antes focava bastante as relações interpessoais, e havia até panelinhas, o que não me agradava muito — em contrapartida, a empresa atual era pequena, e eu não precisava me preocupar com aquilo. Minha renda diminuíra muito se comparada à anterior, mas eu podia fazer as coisas no meu ritmo, então eu considerava aquele lugar definitivamente perfeito para mim.

Eu não gostava de ficar até tarde no trabalho, então geralmente chegava cedo e saía logo que anoitecia. Conversava normalmente com os meus colegas, mas não falava além do necessário e raramente os encontrava fora do trabalho. Talvez fosse por isso que, em uma das raras ocasiões em que saímos para beber juntos, um dos meus colegas tenha me dito: "Você é tão objetiva." Quando o questionei sobre aquilo, parecia que todos os outros tinham a mesma impressão. Eles falaram que pensavam assim porque eu era sempre muito quieta e, depois do serviço, à noite, voltava para casa imediatamente. Fiquei um pouco surpresa, mas depois refleti que aquilo se devia principalmente ao fato de eu ter encontrado um novo lugar de conforto.

Eu costumava passar a maior parte do meu tempo entre o trabalho e a minha casa. Não tinha hobbies específicos nem alguma outra atividade em especial. Não me sentia insatisfeita, mas sempre parecia que algo estava faltando, algum detalhe. Pensando bem, era uma sensação de abrigar um pequeno vazio. Mas agora não mais. Era óbvio que não diria algum absurdo, como que estava plenamente satisfeita, mas passei a me dar conta de que agora já não pensava tanto que algo me faltava.

Eu achava maravilhoso e insubstituível ter um lugar para onde queria ir e pessoas com quem desejava me encontrar. Era daquela forma que eu estava fazendo o meu trabalho, no meu ritmo. Gostava das funções que desempenhava e do ambiente, e estava confiante de que, continuando assim, ficaria bem. Recentemente, porém, surgira um pequeno problema. Era algo minúsculo, que, se eu tivesse contado para alguém, a pessoa provavelmente teria rido de mim. Entretanto, para mim, era algo bastante incômodo. Tudo começou num certo dia, durante um intervalo para o almoço. Naquela empresa não havia um horário de intervalo definido nem refeitório. Portanto, cada um almoçava à própria maneira. Geralmente, eu ia a uma lanchonete próxima, vazia mesmo na hora do almoço, e, como nunca via ninguém da empresa, era o lugar onde eu podia comer mais à vontade.

Um dia, porém, encontrei na lanchonete um colega sênior do trabalho. Ele era uma pessoa um tanto sarcástica, que falava mal dos outros, e sempre nutri certa rejeição por ele. Então, naquele momento, eu pretendia apenas cumprimentá-lo rapidamente e me sentar em outra mesa, mas ele me convidou, dizendo "sente-se aqui". Então, bem, não tive escolha a não ser me sentar com ele, mas, como era de se esperar, a nossa mesa não estava nada animada. A culpa também foi minha, por não ter tentado manter uma conversa, mas eu não sabia como reagir, porque ele continuava reclamando e se gabando.

— O cliente é muito pouco qualificado para mim, as minhas habilidades seriam mais bem aproveitadas em um projeto maior. O conteúdo atual das tarefas não é incentivador, e não fico nem com vontade de dar a metade da minha energia para o trabalho.

Eu apenas soltava um "ah, é?" de vez em quando, e assim se passou o intervalo de almoço.

Aquela questão deveria ter terminado por ali, porque eu achava que tinha tido o azar de encontrar alguém desagradável por acaso naquele dia. Depois, porém, ele passou a puxar conversa comigo, se aproximando de mim até mesmo durante o serviço, quando eu estava trabalhando no meu computador. Quando aquilo acontecia, eu fingia não perceber e continuava trabalhando, mas ele me dava alguns tapinhas nas costas, tentando chamar a minha atenção à força.

Ele me convidava para almoçar como se fosse a coisa mais natural do mundo. E eu não conseguia entender por que ele ainda queria falar comigo depois de termos passado tanto tempo juntos em uma situação tão apática. Como eu estava em uma posição de subordinada, não podia dizer "não" todas as vezes, então tive de ir para aquela *kissaten* de vez em quando. Era óbvio que o que me aguardava era um tempo infinitamente desperdiçado. "O que é isso? O que essa pessoa está curtindo? Será um novo tipo de assédio?" Eu estava ficando cada vez mais irritada.

— Então, o que você faz nos seus dias de folga? — Na quarta vez que fui forçada a acompanhá-lo em uma pausa que nem queria fazer, ele me fez aquela pergunta de repente, com o sanduíche na boca, entre reclamações e vanglórias.

— Bem, eu costumo ir à livraria... — Fui pega de surpresa e, por isso, dei uma resposta honesta em vez de ficar quieta.

— O quê? Por que você vai num lugar desses? Você é um homem velho? — Ele riu alto sozinho, certo de que tinha acabado de fazer a melhor piada.

"Você não tem o direito de me dizer como passar o meu dia de folga!", pensei. Entretanto, considerando que ele era sênior na empresa, não pude reagir explicitamente.

— Bem, então, no próximo feriado, vamos dar uma volta de carro.

Fiquei ainda mais pasma com aquele convite inesperado.

— O quê? Por quê? — Olhei em volta da *kissaten* vazia, considerando que o convite pudesse ter sido dirigido a alguma outra pessoa.

— Como assim? Se você está sem compromisso, qual é o problema?

— Não, hum, tenho compromisso...

— Que compromisso?

— Ah, então, vou à livraria.

— Livraria não é um lugar a que alguém vai com frequência, né?

— Eu vou porque gosto. Tem algum problema? — retruquei, me sentindo um pouco ofendida.

Ele coçou a cabeça como se tivesse ficado confuso e suspirou profundamente, como um professor de ensino médio lidando com um aluno sem perspectiva na sala de orientação.

— Sabe, você está aproveitando a vida?

— O quê?

— Você parece estar sempre deprimida e nem se importa com o que falo. Não vale a pena conversar comigo? E, quando tento ser atencioso e convido você para sair, começa a falar sobre livrarias e coisas do gênero... Se você não tiver um pouco mais de iniciativa, terá muito a perder na vida.

Depois de praguejar daquele jeito, sem me dar tempo para retrucar, ele saiu da loja a passos rápidos, deixando escapar: "Que chato..." Ouvindo tudo aquilo, fiquei boquiaberta e paralisada por um bom tempo.

"Que frustrante!", pensei.

§

Naquela noite, fui ao pequeno restaurante onde Momoko trabalhava e, tomando saquê em pequenas doses, falei energicamente sobre o incidente do almoço.

Ultimamente, eu andava frequentando o restaurante por causa da comida da Momoko. O dono, Nakazono-san, era um homem bem-falante e afável, e, nesse sentido, ele e Momoko formavam uma boa dupla. Eu achava, no entanto, que Nakazono-san talvez tivesse dificuldade em se lembrar do nome dos clientes, porque me chamava de Mikako ou Yukako toda vez que eu ia ao restaurante. Ele não conseguia se lembrar corretamente do meu nome. Mesmo que eu chamasse a atenção dele todas as vezes que errava, na vez seguinte ele me chamava por um nome equivocado, de modo que desisti de corrigi-lo. Naquela noite, ele me chamou de "Teruko", um nome muito distante do meu verdadeiro, mas aquilo não me importava mais, pois eu estava muito furiosa.

— Ei, não venha para o meu trabalho reclamar de coisas aleatórias. — Momoko, estilosa em seu *kappôgui*, aquele avental japonês, me falou, como se estivesse repreendendo uma bêbada. De fato, eu estava excepcionalmente bêbada.

— É que estou muito, muito frustrada. É óbvio que estou frustrada por ele ter dito aquilo para mim, mas estou ainda mais frustrada por não ter conseguido responder.

— Entendi, você está frustrada. Você já disse isso.

À medida que eu ficava cada vez mais bêbada, a minha irritação em relação à atitude arrogante daquele sujeito aumentava. Além disso, por alguma casualidade, como se fosse destino, o sobrenome dele era Wada. Outra coisa que me irritava.

— Não é bem uma casualidade, não é mesmo? Wada é um sobrenome comum. Nem foi ele quem escolheu esse nome "Wada" — disse Momoko, exasperada.

— Mas me irrita! Quando penso nessa pessoa, também acabo pensando em Wada.

— Você pensa nesse cara? — Momoko me dirigiu um sorriso malicioso.

Então respondi, aborrecida:

— Não foi isso que eu quis dizer. Quis dizer quando falo sobre ele, como agora.

— Então, bem, para não dar trabalho de pensar, sugiro chamá-lo de Wada Número Dois. — Momoko deu a ele um nome um tanto displicente. — Enfim, apesar dos convites insistentes, você não notou que estava recebendo uma cantada do Wada Número Dois?

— Sim, eu percebi, mas não entendi por que, de repente, ele falou aquilo.

— Então, ele reclamou que você não tinha iniciativa, ele tomou uma atitude e você disse não, e agora você está chateada?

— Não foi bem assim. Por acaso eu tenho cara de quem vai atrás de homens?

— Não sei, mas você passou essa impressão ao Wada Número Dois — falou Momoko assim, de forma fria, e depois deu de ombros, pedindo que não descarregasse a minha raiva nela. — Mas, bem... Takako, você tem algo assim.

— O que você quer dizer com "algo assim"?

— Isso de ser desatenta.

— Desatenta ou não, eu não fiz nada.

— Às vezes, simplesmente não faz nada por causa da desatenção. Isso pode levar a uma situação ainda pior.

Fiquei chocada com o que ela disse. De fato, eu passei por aquilo.

— É mesmo, pode ser verdade... Uma vez tive uma péssima experiência por causa disso...

— Ah, você está falando do "período recluso na livraria"?

— Como assim? Não rotule experiências alheias.

Momoko riu alto e continuou:

— Eu gosto muito desse seu jeito, Takako-chan, desse seu modo gentil, apesar de ser um pouco lenta, descuidada e inflexível. — Momoko me olhou sorrindo. Seus cabelos curtos e macios brilhavam sob a luz fluorescente.

Fiquei feliz por ouvir aquela manifestação inesperada de afeto, mas, pensando friamente, vejo como é terrível ouvir que sou lenta, descuidada e inflexível.

— Não sei se estou sendo elogiada ou criticada.

— Não fale assim. Estou elogiando você. — Momoko riu alto de novo. — Voltando ao assunto, mesmo que para Wada

Número Dois você pareça assim, é só uma parte sua que ele está vendo, não é? Ele viu você com esse filtro; portanto, o importante é se tornar um pouco mais atenta às pessoas que possam prejudicar você e evitar esse tipo de gente.

— A questão é que ele é sênior lá no trabalho...

— Basta você emanar uma aura com a mensagem de que não quer se aproximar dele. Essa energia realmente pode ser disparada, e mesmo as pessoas insensíveis sentem o recado.

— Ah, tenho certeza de que não sou boa nesse tipo de coisa.

— Por isso que eu digo que você é uma pessoa gentil. E deve continuar sendo assim. — Dizendo aquilo, Momoko deu dois tapinhas no meu ombro.

— Como assim?

— Pode ser que você tenha muito a perder por causa disso, mas vamos dizer que isso é parte da sua personalidade.

— Hum. — Não entendi muito bem, porém, em resumo, deduzi que ela queria que eu continuasse sendo como era.

— Existem muitas pessoas egoístas no mundo. Para elas, não importa se é ou não a Takako-chan.

Foi uma coisa dolorosa de ouvir. Já tive experiências dolorosas por conta daquilo no passado. Na ocasião, eu achava que era a escolhida, mas, na verdade, não era. Para ele, se fosse alguém como eu, qualquer pessoa serviria. Senti como se minha existência tivesse sido negada, o que era terrivelmente triste, mas ao mesmo tempo me permitiu reconhecer minha pequena parcela de responsabilidade.

— Bem, há vários tipos de pessoa neste mundo. Até mesmo Wada Número Dois é o protagonista da história da própria vida. Se bem que eu não tenho muita vontade de ler um romance em que o Número Dois seja o personagem principal — disse Momoko e mostrou a língua como uma criança travessa. — De qualquer forma, a vida é curta. Você deve deixar de se preocupar com um cara desses e escolher alguém que considere insubstituível, aquele que, por sua vez, escolha você dentro da sua história. Entende o que estou dizendo?

— Sim, entendi muito bem o que você quer dizer.

Tive a sensação de que realmente tinha entendido, de que eu estava ligada profundamente com o que pensava do Wada, aquele que me escolhera por ser eu. Perguntei-me se Wada (aquele que não era o Número Dois, lógico) pensava assim. Afinal, não poderia aceitar alguém que não fosse Wada. Tinha certeza de que não havia ninguém que pudesse substituí-lo.

— Esse é um conselho de alguém que está no mundo há mais tempo que você. Tenha isso em mente.

— Obrigada, tia.

A conversa tomou um rumo inesperado, mas, como sempre, Momoko acertou em cheio. Ela dizia as coisas certas em situações como aquela, de modo que concordei com ela sem hesitar.

§

Nos dias seguintes, o trabalho na agência entrou em um ritmo acelerado por causa do novo projeto e por surgirem solicitações urgentes de ajustes em pedidos antigos. Não sabia se aquele era o motivo, mas não tive tempo de me preocupar com o Wad Número Dois.

Uma noite, quando consegui adiantar uma parte do trabalho e saí do serviço exausta, fui direto para a Subôru. Eu não tinha marcado nenhum encontro com o Wada, mas estava com um desejo irresistível de tomar uma xícara de café. Dei uma risadinha para mim mesma enquanto caminhava até a *kissaten*, reconhecendo que estava viciada em café. Assim que abri a porta, ouvi uma voz familiar e animada e pensei: "Ah, Sabu-san está aqui", o que se confirmou quando o avistei sentado ao balcão, conversando com o proprietário.

— Olá, boa tarde. — Depois de cumprimentá-lo rapidamente, sentei-me ao lado de Sabu-san e pedi um espaguete napolitano e uma salada, além de uma xícara de café, pois estava com muita fome.

— Ei, Takano, prepare logo o napolitano! — gritou o dono da *kissaten* para a cozinha, ao que uma voz nada animada respondeu: "Sim, senhor." — Falando nisso, no outro dia, ele ficou muito tempo rondando vocês. Aquele idiota não disse algo sem pé nem cabeça de novo, não é? — perguntou-me, talvez por se lembrar do comportamento estranho do Takano do outro dia.

— Não, não, nada em particular.

— Se estiver incomodando você, pode dar um tapa na cabeça dele.

— Não posso fazer isso — respondi, boquiaberta. Qual seria a posição que Takano ocupava naquela *kissaten*, sendo tão maltratado desse jeito?

Assim que me sentei, Sabu-san, que estava em ótima forma, começou a conversar comigo sobre vários assuntos. Fiquei impressionada com a energia que ele tinha, assim como o meu tio.

— O que foi? Está cansada? — perguntou-me Sabu-san ao ver que eu não estava animada para conversar, como se estivesse entediada.

— Trabalhei muito hoje. Já você está sempre tão cheio de energia, não é mesmo?

— Você precisa tirar alguns dias de folga. Eu, por outro lado, não preciso de folga, porque sou uma força da natureza. — Sabu-san deu uma risadinha. Será que era só impressão minha ele parecer estar sempre de folga?

— Eu tiro folga direitinho.

— Ah, sim. Lógico. Você aparece com frequência na loja do Satoru. Pensando bem, o Satoru é que nunca tira um descanso. Ele não mudou nada, mesmo depois que Momoko voltou. Desse jeito, ela vai fugir de novo. Na minha casa, sempre tento agradar a minha esposa, levando-a com frequência a restaurantes ou viagens.

— Isso mesmo! Afinal de contas, quando sua esposa está de mau humor, joga seus livros fora. — Quando o dono murmurou sua frase habitual, Sabu-san ficou imediatamente irritado.

— Você é um velho chato, sabia?

— Você também é velho, meu caro Sabu.

— Você está certo. Eu sou um velho também. — Sabu-san deu um tapinha na própria cabeça e deu uma risada boba. O dono do café, que parecia estar lustrando uma taça, também deu uma risada. Os dois tinham um relacionamento esquisito, e eu não sabia se eles se davam bem ou não. Deixando tudo aquilo de lado, algo nas palavras de Sabu-san me chamou a atenção.

Era exatamente isso: apesar do retorno da Momoko e da possibilidade de ficarem juntos novamente, meu tio continuou a trabalhar incansavelmente. Mesmo nos dias em que a livraria estava fechada, ele saía dirigindo o seu velho furgão para buscar livros em lugares distantes. Ele não parecia se esforçar para encontrar um tempo para os dois. Estava extremamente preocupado com a saúde da Momoko, mas não parecia estar realmente tentando cuidar dela.

— Meu tio deveria descansar um pouco, já que também tem fístula perianal. — Suspirei enquanto tomava o meu café lentamente e pensava no meu tio incorrigível.

— Pois é, já que tem fístula perianal, por que não vai a um balneário de termas e relaxa? Takako, por que você não leva os seus tios com você?

Achei a ideia muito boa. Logo esqueci o cansaço que sentia até um minuto antes e me empolguei.

— Gostei dessa ideia! Muito boa!

Meu tio, sempre ocupado com a livraria, não tomaria a iniciativa de dar atenção à tia Momoko. Então pensei em presenteá-los com uma pequena viagem, como uma modesta retribuição pela atenção dedicada a mim no dia a dia. Momoko havia me dito que o aniversário de casamento deles era em novembro. Estava um pouco cedo, mas eu poderia dizer que seria um presente meu em comemoração a essa data. Pensei em providenciar todos os detalhes que meu tio detestava, desde a reserva da hospedagem até os bilhetes do trem e tudo o mais. Tinha certeza de que os dois ficariam felizes.

— Não é uma má ideia! Lógico que é bom para Momoko, mas Satoru também deveria descansar de vez em quando. Ele pode parecer meio desconectado do mundo, mas leva o trabalho muito a sério.

As palavras do dono da *kissaten* reforçaram a minha decisão. Além disso, uma nova ideia surgiu e me deixou mais do que satisfeita. Sim, aquilo era maravilhoso. Eu estava empolgadíssima.

— Às vezes você diz coisas certeiras, não é?

— Ora, ora. Como assim "às vezes"?

— De qualquer forma, obrigada — agradeci ao Sabu-san.

Ele desviou o olhar como se tivesse ficado acanhado — uma coisa rara para ele — e falou baixinho: "Não há de quê." Ele não estava acostumado a receber agradecimentos, aparentemente porque nos últimos tempos só ficava falando coisas desagradáveis.

— Obrigada, Sabu-san — atrevi-me a repetir.

— Não! Já chega de dizer esse tipo de coisa. — Ele parecia envergonhado de verdade e, murmurando, levou a xícara de café à boca. Eu achei tudo aquilo muito engraçado. — Que bom que você é uma pessoa despreocupada assim. Está sempre sorrindo.

— No entanto, parece que, para alguns, eu sou uma pessoa muito sombria.

— Hum, os olhos deles estão embaçados. A única vez que você se mostrou sombria foi naquela fase que você só sabia dormir. Agora, você é apenas uma garota desligada.

— Pois é, deve ser. Obrigada, Sabu-san.

— Pare com isso. Se continuar dizendo isso, não vou mais falar com você — disse Sabu-san e coçou as costas.

Eu ri de novo.

— Então, Takako está começando a saber intimidar o Sabu, não é? Aqui está o espaguete napolitano que você pediu.

O dono da *kissaten* colocou um prato de espaguete napolitano com uma generosa quantidade de ketchup na mesa. Comi, empolgada, sem pensar em mais nada. Quando me vi satisfeita de tanto comer, o meu cansaço desaparecera e a minha raiva em relação a Wada Número Dois havia se dissipado por completo.

6

Briguei com o meu tio.

Aquela foi a primeira vez que tivemos uma briga que parecia de verdade. Tanto a causa quanto o conteúdo foram bastante triviais. Tudo começou por causa da viagem. Depois de ter tido a ideia na Subôru, fui para casa, comecei a procurar imediatamente alguns bons resorts de águas termais na internet e montei alguns guias para que os dois escolhessem os lugares que lhes agradassem, e então eu faria as reservas. Na tarde da minha folga, fui à livraria Morisaki bastante animada, mas o meu tio endureceu a expressão assim que viu o guia de acomodações que eu havia imprimido e levado comigo.

— Mas isso é dia de semana, certo?

— Disseram que é melhor do que nos fins de semana, porque está mais vazio. Tio, seria bom para você, nem que seja por alguns dias, tirar um tempo da loja e descansar.

— Mas não podemos fechar a loja.

Demonstrando que esperava uma resposta assim, falei, orgulhosa:

— Como eu sabia que você diria isso, resolvi que vou cuidar da loja.

Na verdade, havia um motivo escondido por trás daquela ideia. Se os meus tios passassem um tempo fora, a loja demandaria alguém para tocar as coisas. Ultimamente, eu andava pensando que gostaria de voltar a morar na livraria Morisaki, nem que fosse apenas por alguns dias. Lógico que eu sempre poderia pedir ao meu tio que me deixasse ficar no quarto do andar de cima, mas, se fosse assim, não seria a mesma coisa. Eu queria administrar a loja sozinha durante todo o dia e passar a noite naquele saudoso quarto, mesmo que por pouco tempo. Dessa forma, quando estivesse relaxando, não seria perturbada com um grito do meu tio do tipo "Onde está o Jirô?!". Eles poderiam descansar dos afazeres do dia, e eu poderia me divertir. Era para ser um plano de unir o útil ao agradável.

— Não mesmo. Você também tem o seu trabalho.

— Vou encaixar isso nos meus dias de folga, vai dar tudo certo.

— Então vamos aceitar a oferta. Takako, você é muito atenciosa — disse Momoko, ao lado do meu tio, com os olhos brilhando de felicidade.

— Ei, não decida por conta própria.

Momoko, vendo o meu tio resmungando, beliscou a bochecha dele e disse:

— Tudo bem se for de vez em quando. Takako está fazendo um convite tão gentil.

— Não, de jeito nenhum — sentenciou meu tio, enrubescendo. — Imagine se acontecer algo, o que você vai fazer?

— Mas nem no fim de semana você aceitaria, né?

— Claro que não. Além do mais, prometi ir à casa do Yoshimura em Saitama na próxima semana para buscar livros.

— Então, por que não pode em dia de semana? Não me importo de ficar por um ou dois dias. Você deveria confiar um pouco em mim.

— Nada disso — afirmou o meu tio, decidido.

— Mas por quê? — Momoko ergueu as mãos para o céu, como se estivesse se rendendo. — Nesse estado, não há mais nada que você possa dizer a ele.

Eu estava preparada para alguma reação, mas não esperava que o meu tio fosse agir com tanta teimosia assim. Embora tivesse segundas intenções com aquele gesto, eu realmente queria que os meus tios descansassem, afinal, eu era extremamente grata a eles. Fiquei muito desapontada e olhei para o meu tio com olhar de reprovação.

— Por que você é tão inflexível?

— Não é que eu não queira ir, é só que não posso.

— Eu odeio você, tio!

— Quando digo que não posso, eu não posso!

— Parem! Vocês não são mais crianças — interrompeu Momoko, com um olhar de repreensão. — Então, vamos juntas como antes, eu e a Takako-chan. É mais divertido para mim ir com você do que com um cara desse.

— Isso não faz o menor sentido.

Ele estava se comportando feito uma criança mimada, mas eu também estava determinada a dar um dia de folga para o meu tio e fazer com que eles embarcassem numa viagem. Nós tivemos uma longa e inútil troca de "precisa ir" e "de jeito nenhum". O objetivo original já havia sido ofuscado por um conflito de egos, sem que nenhum de nós quisesse ceder primeiro. Provavelmente não havia muitas brigas inúteis como aquela no mundo. Eu estava tão impaciente que gritei "já chega!" e deixei a loja. Saí do local fechando a porta com toda a força e acabei me assustando com o barulhão, mas fingi que nada aconteceu e me afastei dali.

§

No dia seguinte ao desentendimento com meu tio, encontrei Wada. Fazia quatro dias desde a última vez em que havíamos nos visto. Obviamente o local do encontro foi a Subôru. Naquele dia, não se sabia por quê, ele apareceu na *kissaten* com uma expressão estranhamente séria. Assim que se sentou, ele disse:

— Tenho um assunto pra falar com você...

Fiquei confusa. O que estava acontecendo? Eu achava que aquela seria uma noite tranquila, então dizer que fui pega de surpresa era pouco.

— O que foi? — Ao perguntar com um tom tenso, ele me respondeu com um olhar nervoso:

— Podemos ir para outro lugar?

Eu estava ficando cada vez mais ansiosa.

— É uma notícia boa ou ruim? — perguntei, para estar preparada para o que viria depois.

— Não sei se eu chamaria de boa notícia.

O que eu tinha feito? Será que havia feito algo errado? Minha cabeça quase entrou em pânico, e acabei esquecendo totalmente o fato de ter tido uma briga tão estúpida com o meu tio no dia anterior.

— A-Aonde nós vamos?

— Bem, não sei. Pode ser aqui mesmo. Não é nada de mais.

Eu não tinha ideia do que estava acontecendo. Até minutos atrás ele parecia muito tenso, mas agora estava me dizendo que não era nada de mais. No início, por um momento, pensei que me pediria em casamento. Recentemente, a minha mãe andava me ligando e perguntando: "Quando você vai se casar?". Então eu percebi que havia atingido a idade em que os pais se preocupam com essas coisas. Mas Wada disse que era uma notícia ruim, será que se tratava daquilo? Aquilo era terrível, era demais. Eu ainda queria ficar muito mais tempo com o Wada. Não só isso, até tinha sonhado que ficaríamos juntos para sempre. Será que ele tinha se dado conta do peso dos meus sentimentos e concluído que eu seria demais para ele?

— Promete que não vai rir? — perguntou Wada com uma expressão séria, sem se importar com o fato de que a minha mente estava se apagando.

— N-Não sei o que você vai falar, mas acho que não vou rir.

Eu nem precisava dizer que não achava que fosse possível rir numa situação daquela. Que tipo de pessoa riria ao ouvir aquele a quem ama falar sobre término? Wada, sem mudar de expressão, baixando a cabeça discretamente, disse "entendi" e em seguida falou algo que eu nem sequer imaginava:

— Bem, na verdade, estou pensando em escrever um romance.

— O quê? Um romance?

As palavras ecoaram incompreensivelmente na minha cabeça. ESCREVER UM ROMANCE?

— Sim, acha isso estranho?

— Não, não é estranho, mas... O quê? Era isso que queria me contar?

— Sim, por quê?

Parecia que eu ia cair da cadeira do jeito que estava. "Ainda há muitas coisas sobre Wada que eu não consigo compreender", pensei. Relaxei tanto que soltei uma gargalhada.

— Ah, você riu!

Tentei desesperadamente explicar que o riso surgira por outra razão e buscar uma desculpa. Então, com a expressão séria, ele me perguntou:

— Do que você estava rindo então?

Assim não dava. A conversa estava totalmente desencontrada. Bebi toda a água que tinha no copo e respirei profundamente. Só então me acalmei.

— Você disse que era uma notícia ruim, então fiquei nervosa...

Ao ouvir o meu murmúrio, Wada pareceu ter ficado completamente surpreso.

— Eu não disse que era ruim. Só disse que não era uma boa notícia.

— Isso quer dizer que é ruim...

— Você acha? Desculpa, então. Só achei que não era uma boa notícia.

— Wada, você é um pouco esquisito.

Quando respondi sarcasticamente na tentativa de me vingar dele por me deixar nervosa, Wada perguntou "é mesmo?", cruzou os braços e ficou pensativo acerca do meu comentário. A conversa parecia não estar indo a lugar nenhum naquele ritmo, então decidi tomar a iniciativa.

— Você vai mesmo escrever um romance?

— Sim — respondeu Wada, finalmente retomando o assunto. — Na verdade, escrevo há quase dez anos, desde o ensino médio. Mas, recentemente, havia parado de escrever... Então conheci você e outras pessoas que vão à livraria Morisaki e me senti inspirado de várias maneiras, realmente passei a querer escrever um romance ambientado em uma livraria. É óbvio que eu não estou almejando nenhum prêmio ou tentando me tornar um profissional com essa obra, mas percebi que ainda tinha o desejo de escrever, o que eu achava que havia desaparecido muito tempo atrás, e pensei que seria ruim para mim deixá-lo morrer dessa forma.

Depois de dizer aquilo, Wada sorriu, acanhado. Eu, uma pessoa simples, me esqueci rapidamente do que havia acontecido e fiquei comovida. Além disso, fiquei muito feliz por Wada compartilhar seus pensamentos comigo. Embora eu não tivesse achado nada de extraordinário quando enfim me contou, ele devia ter pensado muito se me contaria ou não. Devia ter sido muito importante para ele.

— Acho uma ótima ideia. Eu adoraria ajudar de alguma forma.

— É mesmo? Fico feliz em ouvir isso. Eu estava pensando que, se fosse possível, gostaria que me deixasse fazer a pesquisa na livraria Morisaki.

— Humm.

— Tem algum problema?

— Estou no meio de uma briga com o tio Satoru.

— Uma briga? Com seu tio livreiro? Você também fica com raiva, Takako. Eu não esperava por isso.

Na verdade, há poucos minutos, eu estava irritada com Wada, mas ele parecia não ter percebido. No entanto, aquele não era o único problema. Meu tio não via Wada com bons olhos pelo fato de ele ser o meu namorado.

Certa vez, bem no início do nosso namoro, levei o Wada à loja do meu tio para apresentá-lo. Naquela ocasião, quando Wada o cumprimentou, o meu tio ficou parado como uma estátua e teve a ousadia de ignorá-lo por completo. Não tive escolha a não ser levá-lo embora da loja o mais rápido possível.

— Por acaso seu tio tem algo contra mim? Será que fiz algo contra as normas do sebo sem perceber? — questionara Wada, inclinando a cabeça, pensativo, a testa franzida.

— Não, não, não deve ter sido o caso. Ele é sempre assim — eu disfarçara o máximo que pude. Entretanto, por dentro, eu estava fervendo de raiva do meu tio.

Durante todo o caminho de volta, Wada continuou murmurando sobre qual seria o motivo para que o meu tio tivesse se comportado daquele jeito, já que antes ele parecia ser uma pessoa muito alegre. Mais tarde, quando fui à livraria sozinha e explodi de raiva com a atitude do meu tio, ele reclamou, dizendo "ele não combina com a minha livraria" enquanto, ao lado dele, Momoko balançava a cabeça em reprovação.

— Você está com medo de que alguém leve embora sua sobrinha, não é?

— Não diga bobagem. Só estou dizendo que um cara como esse, que se passa por intelectual, não me agrada. Gente assim é, na verdade, um ser desumano e não se importa em fazer uma moça chorar.

— Desumano? Como assim...? — perguntei, a estupefação superando a raiva.

— Quero dizer que estou preocupado com a possibilidade de que ele faça você chorar, Takako. E por que ele me chama de senhor livreiro? Isso me dá arrepios.

— Ah, mas o que você está dizendo? Você precisa entender que a Takako é uma mulher adulta. Wada me parece ser uma ótima pessoa. Ele é mais alto e mil vezes mais elegante do que você.

— De qualquer forma, a livraria é minha e não quero ele aqui.

— Ah, é? Você costumava dizer coisas legais como "esta loja está aberta a todos", mas, no fim das contas, a livraria escolhe seus clientes, não é mesmo?

Quando falei aquilo com frieza, o meu tio gaguejou. Em seguida ele repetiu o clichê que usava quando as coisas davam errado: "Os seres humanos são criaturas cheias de contradições..." Daquela vez também não foi diferente.

De qualquer forma, eu realmente queria cooperar com o Wada para que ele escrevesse seu romance. No momento que me propus, ele adotou uma expressão feliz. Quando o Wada ficava feliz, eu também ficava. Quando nos despedimos na catraca da estação, ele me disse enquanto acenava:

— Faça as pazes com o livreiro o mais rápido possível. Ah, mas não só pelo livro, é óbvio.

§

No dia seguinte, na volta do trabalho, passei na livraria Morisaki quase na hora de fechar para fazer as pazes com o meu tio. Eu estava um pouco irritada, mas, como Wada também me aconselhara, não havia como evitar. Bastava que eu cedesse. Além disso, Momoko parecia ter ficado muito desapontada quando ele disse que não iria viajar. Eu sabia que, para o bem da Momoko, eu tinha de fazer o meu tio ir. Então decidi mudar a minha estratégia.

— Ei, tio.

— O que foi?

A porta da frente já estava fechada, então segui pela entrada de serviço e o chamei, e ele imediatamente soltou uma resposta alarmada. O cheiro de umidade dentro da livraria parecia ficar mais forte à noite.

— Ah, não, não fique tão alarmado.

Primeiro tentei deixá-lo de bom humor, perguntando se ele recebera algum livro bom. O humor do meu tio melhorava facilmente quando ele falava sobre livros. Foi moleza, ele imediatamente esqueceu que ainda estávamos brigados e entrou na conversa.

— Bem, acabamos de receber um novo ontem.

— Qual?

— É ótimo, tem textos que as pessoas de hoje podem ler e se impressionar. — Ele pegou um exemplar de "In'ei reisan", de Tanizaki Jun'ichirô, e me entregou.

— É um ensaio, né? O que significa "In'ei reisan"?

— Seria "O livro das sombras". Resumindo, o seu conteúdo consiste em convidar as pessoas a olharem também para a escuridão, ao invés de se concentrarem somente na luz. E é nisso que está escondida a consciência do belo. Hum, poderia dizer que é uma sugestão para sentir a beleza da tradição japonesa na pele. Bem, há coisas mais profundas no livro, e pode ser um pouco difícil de entender, mas, já que você está aqui, por que não o lê?

— Obrigada. Mais tarde vou ler com calma.

— Dê uma lida agora — recomendou o meu tio, aproximando o rosto do meu. Como sempre, devia estar querendo apenas fazer comentários enquanto eu lia o livro. Inclinei-me para trás para me afastar dele.

— Agora não. Vou ler com calma mais tarde, em um lugar silencioso e sem ninguém me perturbando.

— Por que não? Leia agora. Vou deixar a loja aberta.

— Já disse que quero ler em um lugar tranquilo.

— Não há outro lugar tão tranquilo quanto este. — Ele nem sonhava que era ele quem estava causando a perturbação, tirando a tranquilidade do lugar onde estávamos.

— Então, queria conversar sobre a viagem...

Quando falei aquilo, devolvendo o livro à estante, o rosto do meu tio ficou rígido imediatamente, como se dissesse "lá vem ela". Entretanto, eu não ia me dar por vencida. Baixei um pouco a cabeça e falei algo que nem pensava, na verdade:

— Se você realmente não quiser ir, tudo bem. Você é sempre atencioso e gentil comigo, então pensei em expressar a minha gratidão de alguma forma. Não quero forçá-lo, mas Momoko gostaria de ir, e eu ficaria feliz se vocês pudessem relaxar juntos. — Eu disse as frases que havia ensaiado com o máximo de emoção possível. — Quero que você continue administrando a livraria por muito tempo. Mas, para isso, você precisa aprender a descansar. Ficaria com o coração partido se você morresse de *karoshi*, por trabalhar demais...

Falei tudo aquilo, mas depois fiquei um pouco incomodada. No geral, o meu tio era o tipo de pessoa que não morreria mesmo que você o matasse. Portanto, a morte por *karoshi* seria algo exagerado. Ainda assim, ele era muito sensível àquele tipo de discurso. Como era de se esperar, ele me fitou com os olhos marejados.

— Takako-chan, você é uma garota tão...

— Você me entende, tio?

Meu tio assentiu repetidas vezes, profundamente emocionado.

— Sim, você se preocupa tanto comigo...

— Bem, então é isso, aproveite o passeio.

Em resposta à minha interrupção, o meu tio concordou dizendo "sim, sim" como se fosse uma mensagem automática.

— E cuide bem da Momoko. Que tal na semana que vem? Eu estou livre.

— O quê? Ah, sim. — Meu tio não pareceu totalmente convencido, mas concordou apesar de alguma relutância. A estratégia tinha funcionado.

Depois de sair da livraria, fomos andando juntos até a estação. Durante todo o trajeto, o meu tio ficou murmurando: "Será que você realmente consegue tocar a livraria sozinha?" E eu respondia com muita confiança: "Pode deixar comigo."

Já estávamos na época em que esfriava à noite. Eu apertei bem o cachecol no meu pescoço. Meu tio continuava murmurando ao meu lado. A cada vez que respirava, ele soltava uma lufada branca de vapor que logo se perdia na noite escura.

7

Naquela manhã, assim que acordei, arrumei minha mala com roupas suficientes para dois dias e segui em direção à livraria Morisaki. Meus tios estavam fora por conta da viagem, portanto, a partir de hoje, eu efetivamente estaria à frente da loja, da manhã à noite, em vez do meu tio. Só de pensar nisso, o meu coração começava a acelerar.

Com isso, saí de casa com quase uma hora de antecedência, o que me fez chegar bem no horário de pico no metrô. Na agência que eu trabalhava, o expediente começava às dez, um pouco depois do horário de maior movimento, então eu não presenciava aquela multidão desde que saíra do meu antigo emprego. Havia esquecido de como me locomover em um trem lotado, pois fazia muito tempo que não passava por aquela situação. Fui empurrada para a direita e para a esquerda pelos passageiros, levada pelas sacolejadas e pelo bafo quente do vagão, de modo que gritei no mínimo trinta vezes mentalmente.

No passado, quando eu andava em trens lotados todos os dias, me deparava com muitas pessoas esquisitas. Tipos inquietantes que falavam sozinhos, outros que gritavam com raiva, e também havia gente que dava encontrões em mim de forma nitidamente maldosa. Muitas vezes, ocorriam incidentes abrangendo importunações ou brigas com socos que envolviam um vagão inteiro. Diante de tudo aquilo já de manhã cedo, eu ficava de mau humor pelo resto do dia. Depois de tanto tempo sem entrar em um vagão lotado, compreendi o comportamento daquelas pessoas. A exposição diária a toda essa miséria perturbava a mente de qualquer um.

Consegui suportar os quinze minutos de inferno, desci na estação Jinbôchô e me dirigi até a livraria. Ainda não havia passado muito das nove, portanto, era muito cedo para começar o expediente, já que a abertura da loja era apenas às dez. Não havia muito a fazer e, por isso, resolvi limpar cuidadosamente cada canto do lugar até a hora de abrir. Fiquei tão concentrada na limpeza que o tempo voou, era enfim hora de abrir as portas.

— Vamos lá, coragem!

Reuni as minhas energias e abri a porta da livraria para dar início às atividades do primeiro dia. A rotina do sebo consistia em abri-lo de manhã, administrá-lo durante o dia e, ao anoitecer, guardar o dinheiro no cofre e fechar a porta. Como eu não tinha a capacidade de precificar livros caros, quando chegava um cliente que queria vender algum, eu o colocava a par da situação e recebia o livro para que fosse negociado depois. Então, sendo apenas por alguns dias, eu poderia fazer um bom trabalho mesmo estando sozinha.

Olhando para a rua, percebi que outras lojas também estavam se preparando para abrir. Senti a doce fragrância de osmanto-dourado. Meu olhar cruzou com o de Iijima, proprietário da livraria mais próxima, do outro lado da rua, e eu o cumprimentei com um bom-dia.

— Ah, onde está o Satoru hoje?

— Ele está viajando.

— Como assim? — Ele arregalou os olhos. — Acho que nunca vi isso acontecer, espero que não chova.

— Peço desculpas caso chova — desculpei-me antecipadamente.

Como sempre, poucos clientes apareceram pela manhã. Aquilo era normal e, por isso, eu estava acostumada. Bastava simplesmente espanar os livros e esperar tranquilamente pela chegada dos próximos clientes. Para ser sincera, eu me sentia feliz apenas de estar cercada de livros e, mesmo que nenhum cliente aparecesse, ficava mais feliz ainda por estar fazendo aquilo em tempo integral.

No entanto, eu estava farta porque o meu tio já me ligara três vezes desde o início do dia. Ele parecia preocupado por estar longe da livraria. Era cansativo lidar com ele, então o tranquilizei com algumas frases-padrão e desliguei imediatamente.

O tempo passou devagar. Durante toda a tarde, atendi aos clientes que chegavam um a um, de tempos em tempos, espanei e arrumei os livros empilhados na parede entre os atendimentos, além de ler aleatoriamente as obras que me chamavam a atenção. Também experimentei ler o "In'ei reisan", de Tanizaki Jun'ichirô. Era uma reflexão profunda sobre as sombras, narrado por meio de experiências pessoais. Havia ceticismo sobre a luminosidade das cidades japonesas. A escrita poderosa fazia parecer que estava ouvindo a voz do autor bem ao meu lado, e, antes que percebesse, estava atraída pelas histórias e havia mergulhado completamente no livro.

§

À tarde, começou a chover bastante. No início era apenas um chuvisco, mas aos poucos foi ficando mais forte e, em pouco tempo, toda a rua Sakura estava um breu. A chuva era um inimigo natural ali no bairro das livrarias. Se os livros ficassem molhados, seria um grande problema, e o movimento dos clientes diminuía consideravelmente. Quando saí correndo para guardar os expositores que ficavam na entrada, percebi que todas as livrarias também estavam rapidamente fazendo o mesmo com suas mercadorias que estavam do lado de fora. Iijima, que havia brincado antes de abrir sua loja, dizendo que iria chover, também estava lutando contra o mau tempo.

— Realmente choveu, tá vendo?

— Verdade!

Nós dois rimos enquanto guardávamos os expositores na parte coberta. O céu estava tomado por nuvens espessas, e a chuva estava ficando cada vez mais forte. Será que fora um erro mandar os meus tios naquela viagem? Esperava que não estivesse chovendo por lá. "Hum, hoje vai ter pouco movimento", pensei comigo mesma e voltei para o interior da loja.

Quando fechei a porta , o som forte da chuva que se ouvia do lado de fora sumiu e foi substituído por um ruído suave. O cheiro da chuva molhando o asfalto adentrou o interior da loja e se misturou ao aroma de livro antigo. Nenhum cliente entrou.

Fiquei sentada por um longo tempo no meu lugar atrás do balcão, de olhos fechados. Estava silencioso, muito silencioso. Quando me concentrei nos sons, passei a ouvir o ronco baixo do motor dos carros em movimento na chuva e o estalo dela contra as janelas. Fiquei com uma sensação estranha, como se eu me mesclasse com a livraria, como se estivesse me dissolvendo, e a minha consciência, se expandindo. Não, nada disso. Aquilo não devia acontecer. Não importava quanto tempo livre tivesse, eu era a responsável pela livraria.

Apesar de tudo, sempre que ficava cercada de livros antigos, tinha a sensação de que o próprio fluxo do tempo mudava e podia sentir nitidamente que eu fazia parte dele. O negócio das livrarias de livros usados, se fizéssemos uma comparação entre a inércia e o movimento, pertencia evidentemente aos trabalhos de ambiente estático. Também estava nítido que não seria possível dualizar o trabalho tão banalmente assim. Entretanto, no caso das livrarias, todas as suas imagens pareciam levar a algo estático e, estando ali, eu sentia como se tivesse sido encaixada perfeitamente em um recipiente e quisesse ficar assim para sempre.

Será que o meu tio já tinha se sentido assim? Não, talvez ele tenha sentido mais do que isso. Meu tio havia herdado aquela loja do meu bisavô e do meu avô. Um dos motivos pelos quais ele tinha tanto orgulho de ter aquela livraria devia incluir o respeito que nutria pelas pessoas que a haviam preservado. Fiquei pensando vagamente naquilo enquanto olhava para o lado de fora através da janela embaçada com a chuva.

Já passava das quatro da tarde quando a chuva estiou. De repente, ouvi o barulho da porta se abrindo. Levei um susto e dei um pulo da cadeira quando ouvi o "Olá, com licença", porque não esperava a chegada de um cliente. Depois de perceber que era Sabu-san, murmurei "Ufa!", como o meu tio fazia, e me sentei novamente. Aparentemente, ele fora me ver para passar o tempo. Estava com um sorriso estampado no rosto. Eu lhe servi uma xícara de chá e, depois de fazer um gesto como se abençoasse a bebida, Sabu-san a bebeu num só gole, fazendo barulho. Eu estava me sentindo um pouco nervosa por causa da quietude e, por isso, fiquei feliz em vê-lo. Conversamos um pouco.

— Como está o movimento hoje? — perguntou ele com o mesmo tom que ele se dirigia ao meu tio.

— Nenhuma venda.

Ao ouvir a minha resposta, Sabu-san soltou sua risada habitual, que foi reverberando por toda a livraria. Comparado ao silêncio anterior, achei um pouco engraçado. Bastava algumas vozes para mudar a atmosfera de um lugar.

— Você está se tornando uma especialista no assunto.

— Você é o verdadeiro especialista, Sabu-san, frequentador assíduo da nossa livraria.

— Mas o que é isso? Vai me deixar encabulado.

— Não seja tão modesto assim.

— Você sempre me vence!

— Não diga isso. Ainda não sou páreo para você, Sabu-san.

Tomando o nosso chá tranquilamente, discutimos coisas sem sentido como se estivéssemos discutindo assuntos extremamente sérios. Como sempre, Sabu-san foi embora sem comprar nada. Mais tarde, o sol se pôs, e a chuva, que já tinha enfraquecido, parou completamente. O relógio na parede marcava o tempo com precisão e, quando me dei conta, já eram sete da noite e estava na hora de fechar a loja. O tempo havia passado num piscar de olhos. Levantei-me lentamente e comecei a preparar o encerramento do expediente.

Naquele momento, como se fosse de propósito, recebi novamente um telefonema do meu tio. Informei a ele que havia fechado a loja sem problemas e pedi que, por favor, só me ligasse uma vez ao dia a partir de amanhã. Meu tio gritou do outro lado da linha antes de encerrar a ligação: "Três vezes bem espaçadas!" Afinal, qual era a concepção dele de um bom intervalo...?

§

O quarto do andar de cima estava muito mais confortável do que antes. Momoko, que esteve ali por um tempo, agora morava com o meu tio na casa de Kunitachi, então o cômodo estava desocupado. Mesmo assim, estava tudo limpo, e os livros, bem-organizados, provavelmente por Momoko. A janela estava decorada com vasos de gerânios e gérberas, e havia um bilhete no qual Momoko tinha anotado instruções para regá-las. Eu me veria em apuros se me esquecesse de segui-las. No meio do quarto havia uma *chabudai*, aquela mesinha bem baixinha e pequena, bastante usada.

Abri uma fresta na porta de correr do pequeno quarto ao lado. Na penumbra, o espaço estava repleto de livros. Era assustador ver os contornos pretos dos livros que se salientavam silenciosamente no ambiente. Fechei a porta de correr com cuidado, para não fazer nenhum barulho, e fingi não ter visto nada. Bem naquele momento, o celular em cima da *chabudai* tocou, me fazendo dar um pulo, assustada. A tela mostrava que a ligação era do Wada. Eu tinha dito a ele que assumiria a loja a partir de hoje, então ele devia estar preocupado comigo.

— Como está indo?

— Bem, está tranquilo. E você, trabalhou muito hoje?

— Estou com muita coisa para fazer. Ainda estou no escritório.

— Caramba... Assim você não vai ter tempo para escrever seu romance tão cedo, não é mesmo?

— Cada coisa a seu tempo. Vou voltar ao trabalho.

— Tudo bem, se cuida. Obrigada por me ligar mesmo bem ocupado.

Depois do telefonema, jantei rapidamente e tomei um banho, sem nada mais a fazer. Deitada no futon, peguei um dos livros na estante e o folheei, mas o sono me atrapalhava e me impedia de me concentrar. Mas eu ainda não queria dormir. Uma pequena aranha se arrastava lentamente pelo teto. Por um bom tempo, acompanhei os passos dela, como se estivesse em transe.

Por fim, pulei da cama e abri a janela. Imediatamente, uma brisa fria de outono invadiu o quarto. No céu, ao longe, pude ver a lua brilhando, prateada. Dava para ouvir a agitação da cidade a distância. Havia também o som pesado de carros em movimento, alguém falando na rua. De repente, ouvi um estalo do lado de fora, como se uma porta tivesse sido fechada ali por perto, e, quando o barulho desapareceu, o entorno ficou mais silencioso.

"In'ei reisan". Eu não tinha certeza se essa era a expressão certa para usar naquela situação, mas murmurei-a mesmo assim. Depois, apaguei a luz do quarto, sentei-me à beira da janela e fechei os olhos.

Eu costumava passar muitas noites insones, como essa, ali. Naquela época, eu não tinha ideia de que o tempo passaria assim. Agora, eu já não estava mais vivendo aqueles dias. Aquela Takako havia partido para longe, e eu nunca voltaria ao passado. Ao pensar nisso, senti uma profunda melancolia se espalhar pelo meu coração, mas não precisava ser assim porque agora estava muito mais feliz do que antes.

Minha vida tinha sido tranquila até agora, mas de forma banal. Tive os meus problemas e tropeços. Houve momentos em que senti ter afundado em um mar escuro e profundo, e não queria mais sair dali. No entanto, em meio àquela noite calma, pude sentir nitidamente que tinha tido muita sorte por conhecer pessoas maravilhosas, e foram esses encontros que me sustentaram. Isso mesmo. Tive muitos encontros maravilhosos. Abri os olhos e vi que a luz suave do luar entrava pela janela. Iluminada por aquela luz, senti que aos poucos o sentimento de felicidade me envolvia.

Então, estranhamente, várias coisas da infância voltaram à minha memória, uma após outra, como se uma porta fechada tivesse sido aberta repentinamente. Mesmo que hoje não parecesse, fui uma criança introvertida. Ou talvez tivesse sido mais quando criança do que agora. Eu era filha única e, como os meus pais eram muito ocupados com o trabalho e não passavam tanto tempo comigo, achei ter desenvolvido sozinha a habilidade de lidar com a ansiedade e a tristeza de maneira saudável.

E, assim, as tristezas e os problemas sobre os quais eu não podia conversar com ninguém e para os quais não conseguia encontrar uma solução continuavam inflando. Quando eu me deitava, à noite, tinha a sensação de estar sendo esmagada por um balão gigante. Era óbvio que eu era uma criança, e as preocupações em si eram insignificantes ao pensar nelas agora. Eu ficava triste ao lembrar da prova logo após as férias de verão, tive medo da cerejeira no meu jardim porque ouvira um boato de que havia um cadáver debaixo dela, me desesperei quando um garoto da minha turma me apelidou de esqueleto (porque eu era alta e bem magra).

Naquela época, minha maior felicidade era passar as férias na casa do meu avô. Satoru sempre estava lá, ansioso para me ver, e aquilo era um grande alívio para mim. Aquele quarto com o meu tio era como uma barreira de proteção. Quando chegava lá, me sentia segura e não precisava me preocupar com mais nada. Naquele quarto, o meu tio sempre ouvia carinhosamente as várias histórias sem nexo que eu contava, e eu podia falar por horas. Eventualmente, quando me cansava de falar, escolhia um disco de vinil aleatório da coleção dele, e cantávamos juntos em alto e bom som. Era tão alto que o meu avô vinha, vermelho de raiva, nos repreender, dizendo que todos na sala de visitas nos ouviam. Meu tio e eu adotávamos uma expressão séria e fingíamos estar arrependidos, mas, depois, quando ficávamos sozinhos novamente, dávamos risadas baixinho. Eu sempre tinha sido muito tímida na escola, mas, quando estava com o meu tio, me sentia bem forte, como se não fosse eu mesma. Tinha a sensação de que as minhas inseguranças, que eu não conseguia expressar em palavras, diminuíam cada vez mais. Até então eu sentia que o mundo estava encolhendo, mas com o meu tio eu sentia que tudo desabrochava num piscar de olhos.

Pensando bem, todas as memórias que tinha do meu tio apareceram como se eu estivesse sendo iluminada pela luz calorosa do sol filtrada através dos galhos das árvores. Eu não sabia se sentia falta daquele tempo ou se queria voltar para aquela época, mas, por algum motivo, tive vontade de chorar. No quarto iluminado apenas pelo luar, fui desatando com cuidado doces lembranças, que antes repousavam num canto escuro, e lentamente adormeci.

8

Na manhã seguinte, o céu claro de outono estava sereno, com várias nuvens que pareciam chumaços de algodão dispersas. O sol refletia nas poças de água, emitindo uma luz ofuscante.

— Espero que não chova hoje! — disse Iijima do outro lado da rua.

— Acho que não...

— Se chover novamente hoje, da próxima vez que eu souber que Satoru vai viajar, vou fazer de tudo para impedi-lo.

Ao dizer isso, com um tom que me fez duvidar se ele estava apenas brincando, Iijima voltou aos preparativos para a abertura da loja. Apesar da preocupação, o tempo manteve-se firme durante todo o dia, de modo que a livraria ficou muito mais movimentada do que no dia anterior. Os clientes entravam um após o outro sem parar. Consegui até vender um livro de Kobayashi Hideo, que custava cinco mil ienes.

Antes do meio-dia, duas moças que aparentavam ser universitárias apareceram, um tipo bastante incomum em nossa livraria. Elas eram graciosas, e a que usava um vestido florido tinha uma câmera fotográfica reflex monobjetiva que parecia cara pendurada no pescoço. As duas examinaram os livros vagarosamente, um por um, e por fim me perguntaram se eu tinha alguma recomendação. Depois de pensar muito, recomendei *Antes do amanhecer*, de Shimazaki Tôson. Elas gostaram da sugestão e compraram o livro.

— Posso tirar uma foto da loja? — perguntou a moça da câmera em tom educado, explicando que era um projeto da faculdade.

— Claro. Fique à vontade.

Com um brilho nos olhos, a moça começou a tirar fotos da loja imediatamente. Sugeriu me fotografar também, e então, relutante, me sentei na cadeira atrás do balcão. Talvez porque a minha expressão estivesse muito séria, ela me disse, com uma voz tímida:

— Hum, você poderia fazer uma expressão mais natural?

Como poderia adotar uma expressão natural diante de uma câmera? Normalmente, quando estava à toa, eu ficava sentada com uma expressão distraída. Se mostrasse esse rosto, ela ia rir de mim. No final, dei várias desculpas e escapei para o fundo da loja.

— Na verdade, eu sempre gostei da atmosfera desta livraria e queria fotografá-la — disse a moça enquanto clicava agilmente o obturador. A outra, que estava junto, deu um sorriso. Elas eram muito simpáticas e fofas.

— Ah, é mesmo?

— Aqui tem uma atmosfera muito agradável, você não concorda?

— Ah, podemos dizer que sim — respondi de imediato. Era verdade que a arquitetura antiga de madeira tinha seu charme. Se bem que a impressão que tive, quando visitei aquela livraria pela primeira vez, foi a de que ela era "velha".

— Mas eu geralmente, bem... Hum...

— Ah, antes você ficava relutante para conversar por ver sempre um senhor estranho aqui?

A moça entrou em pânico quando falei aquilo com um sorriso malicioso.

— Não, não fo... Sim, foi isso.

— Sabia. — Dei uma risada enquanto as duas me olhavam com uma expressão interrogativa.

— Muito obrigada. Você me ajudou muito. Vou ler o livro que você recomendou.

Terminadas as fotografias, as moças me agradeceram educadamente e foram embora.

§

Naquele dia tive muito trabalho, e, quando me dei conta, já havia anoitecido. Depois de conferir o controle de vendas, guardei o faturamento do dia no cofre, fiz uma faxina rápida e fechei a loja. Ao contrário do dia anterior, o meu tio não tinha me ligado uma vez sequer. Será que ele finalmente havia decidido confiar em mim? Eu esperava por isso havia muito tempo. Depois que terminei todo o processo de fechar a loja, decidi sair e comprar algo para comer.

Talvez Tomo me visitasse à noite. Quando contei a ela por telefone que iria morar de novo na livraria, ela disse que adoraria aparecer para me ver depois do trabalho. Tomo já havia me visitado ali muitas vezes, pois adorava aquele lugar. Ela me dissera que chegaria por volta das nove da noite, então decidi usar o tempo até lá para preparar o jantar, seguindo o exemplo da Momoko.

Minha tia usava a cozinha para preparar o almoço do meu tio, então havia arroz e temperos. Resolvi fazer o *nimono*, um cozido de frango e alga *hijiki*, tofu frito, peixe grelhado, e sopa de missô com tofu frito e nabo, além do arroz com o tempero *yukari* para dar gosto e uma cor roxinha. Era um cardápio tipicamente japonês, inspirado no repertório da Momoko. O preparo da comida demorou mais do que o esperado, porque havia apenas um pequeno fogão a gás. Senti uma admiração ainda maior por Momoko, que conseguia preparar refeições tão deliciosas sem dificuldades todas as noites quando morava aqui.

Às nove em ponto, ouvi uma voz alegre vinda da porta de serviço do andar de baixo dizendo "Boa noite!", então desci para receber a Tomo.

— Humm, que cheiro bom é esse?

— Estou cozinhando. Você ainda não jantou, né? Vamos comer juntas!

— Minha nossa, eu não queria dar esse trabalho!

— Não foi nada. Eu também vou comer.

Tomo trabalhara meio período como atendente na Subôru, onde nos conhecemos e nos tornamos amigas. Quando a encontrei pela primeira vez, tive a intuição de que seríamos amigas. Mais tarde, quando contei a ela sobre aquilo, ela ficou feliz e disse que havia sentido a mesma coisa na época. Desde então, ela se tornara uma amiga inestimável para mim.

Tomo tinha um jeito tranquilo de falar, a pele branca e os cabelos pretos brilhantes. Para mim, ela representava a típica beleza japonesa. Além disso, era muito inteligente, estudara literatura japonesa na pós-graduação. Atualmente trabalhava como bibliotecária em uma universidade. Naquela noite, ela estava usando um vestido preto elegante e um colar de prata com um pingente em forma de pássaro. Tomo parecia saber exatamente o que combinava melhor com ela.

Com a ajuda da Tomo, coloquei os pratos prontos na *chabudai*. Era pouco espaço para comermos juntas, mas era a mesinha que tínhamos.

— Faz muito tempo que não venho aqui. Continua agradável como sempre — disse Tomo depois de se sentar em frente à *chabudai* e olhar ao redor do quarto.

Surgiu, então, um brilho nos olhos dela quando notou que havia um exemplar de *Abô ressha*, de Uchida Hyakken, no parapeito da janela, que eu havia começado a ler ontem, depois de me deitar no futon, julgando ser adequado para a sensação de estar em uma viagem. *Abô ressha* era um relato de viagem escrito na década de 1950. No livro, o autor partia em uma viagem sem rumo específico, não necessariamente querendo ver algo em particular, a própria viagem era o objetivo. Era cômico ver um homem que já chegara aos sessenta anos fazendo coisas fúteis e sem sentido com seriedade em todo local que passava. O texto, que parecia água fluindo numa correnteza, também era de muito bom gosto, e, quando se lia, tinha-se a sensação de se estar em uma viagem e, além disso, podia-se ter um vislumbre do clima e do estilo de vida da época.

— O Hyakken-sensei é maravilhoso, né? — disse Tomo sorrindo.

Pude sentir a profunda afeição no modo como ela chamou o escritor Hyakken de "Hyakken-sensei".

— É mesmo, ele é o máximo. E seu companheiro, Himalaia Sankei, também. Eu amei essa dupla.

— Eu queria ter viajado com eles.

— Na verdade, eles provavelmente nos irritariam o tempo todo, não?

— Sim, mas ao mesmo tempo eles parecem ser tão fofos juntos! — Tomo riu de forma encantadora, numa expressão maternal que me tocou.

Tomo sempre mastigava devagar. Ao contrário dela, eu era impaciente quando se tratava de refeições e costumava comer com pressa. Então, norteada por ela, comi com calma. Felizmente, ela adorou o jantar. Tomo era uma pessoa que comia pouco por natureza, e disse que havia muito tempo não saboreava um prato inteiramente japonês, porque andava tão ocupada que vinha negligenciando suas refeições ultimamente. Ao vê-la sorrindo à minha frente e dizendo "delicioso!", não pude deixar de sorrir também.

Durante o jantar, conversamos sobre muitas coisas. Falamos sobre o trabalho uma da outra e sobre os livros que havíamos lido recentemente. Apesar de nos falarmos com frequência por e-mail e telefone, poder conversar presencialmente me proporcionou uma alegria genuína. Mesmo depois da refeição, continuamos conversando à mesa.

— A propósito, Tomo, bibliotecária é a profissão perfeita para você.

— É uma biblioteca universitária. Meu sonho é ser bibliotecária na Biblioteca do Parlamento Nacional.

— Ah, essa biblioteca é aquela que tem todos os livros já publicados, certo?

— Sim, é isso mesmo. Mas não fui bem na prova de seleção...

— Que pena.

— Mas a biblioteca onde trabalho agora, apesar de não ser muito grande, tem documentos antigos valiosos guardados no depósito, o que é empolgante. Às vezes fico atordoada com a energia dos jovens universitários, mas tudo bem — disse Tomo com uma voz suave e calma.

Ela usava os hashi de forma muito elegante, tanto que, quando comia o peixe, deixava somente as espinhas e a cabeça. Eu, em contrapartida, depois que comia, não deixava os utensílios com um aspecto tão apresentável. Concluí que ela devia ter recebido uma boa educação, pois a família da Tomo comandava a maior empresa de construção da região. Ela era filha do presidente da empresa.

— Como assim "energia dos jovens"? Você não é tão mais velha que eles.

— Mas eu não tenho mais tanta energia assim.

— Você encontrou algum estudante interessante?

Ter uma garota como Tomo na recepção da biblioteca provavelmente faria muitos estudantes se apaixonarem perdidamente por ela. Imaginei um estudante olhando para a Tomo de longe, com o coração acelerado. No entanto, ela interrompeu a minha imaginação imediatamente:

— Não, de jeito nenhum. E quanto a você, Takako, como estão as coisas com Wada?

— Hum, ah, sim.

De repente, o assunto foi direcionado a mim, e fiquei atordoada. Naquele momento, como se tivesse sido programado, o meu celular tocou, mostrando na tela a chegada de um e-mail do Wada. Ele perguntava se poderia passar na loja. Ao que parecia, ele estava prestes a sair do escritório.

— O Wada está dizendo que gostaria de passar por aqui, tudo bem?

— Com certeza. Eu adoraria conhecê-lo.

Eu falava para ela sobre Wada com frequência, mas eles nunca haviam se encontrado. Pensei que convidá-lo para se juntar a nós seria uma boa oportunidade, apesar do local ser bastante apertado para abrigar os três. Depois de aproximadamente dez minutos que mandei a mensagem dizendo que Tomo estava comigo e que, se não fosse incômodo, ele seria bem-vindo, ouvi uma voz me chamando diante da janela.

— Seja bem-vindo! — cumprimentei Wada, que apareceu na escada.

— Boa noite, prazer — cumprimentou-o Tomo, ao meu lado, sorrindo. Wada a cumprimentou com uma profunda reverência.

— Olá, Tomo. Ouvi muito sobre você. Muito prazer em conhecê-la.

— Não precisa ser tão formal. — Eu ri, mas Tomo, tentando corresponder à seriedade de Wada, endireitou sua postura e se curvou, retribuindo o cumprimento.

— O prazer é todo meu.

— Wada, você ainda não jantou? Desculpe, nós já comemos. Se eu soubesse que você viria, poderia ter preparado algo para você também.

— Não, não se preocupe com isso. Só estou de passagem.

Por alguma razão, Wada parecia inquieto e agitado. Ficou sentado sozinho em posição de *seiza*, com os joelhos dobrados. Quando lhe perguntei o que havia de errado, ele respondeu que estava assim por estar no andar de cima pela primeira vez.

— Eu me sinto um pouco invasivo estando aqui sem permissão do proprietário...

Ao que parecia, ele estava tentando desesperadamente suprimir o desejo de explorar cada centímetro do lugar. Cortei logo:

— Você está aqui, não adianta nada ficar assim.

— Bem, eu fui vencido pela minha curiosidade. Mas não devo passar dos limites. Não devo ceder aos meus desejos e esquecer as boas maneiras. Não devo me estender demais. — Wada mostrou-se angustiado e continuou sentado em *seiza*, a postura ereta, sem se mover um só centímetro.

— Ele é uma pessoa engraçada como você disse, Takako.

— Viu? — Nós duas concordamos acenando com a cabeça uma para a outra, tentando ao máximo conter o riso.

Quando Wada perguntou "O quê? O que há de tão engraçado em mim?", mostrando sua seriedade nata, acabamos perdendo a compostura e caímos na gargalhada. Foi uma noite animada, completamente diferente da anterior.

§

Estava chegando o horário do último trem partir, então Tomo se preparou para ir embora e Wada decidiu acompanhá-la. Eu queria tomar um pouco de ar fresco, e resolvi andar até o meio do caminho com eles. Depois de me separar da Tomo na entrada do metrô, perguntei ao Wada o que ele achava dela.

— Ela não é maravilhosa?

— Sim, é mesmo.

Eu estava curiosa para saber como Wada reagiria ao conhecer Tomo, mas sua reação foi de extrema indiferença. Fiquei aliviada por vê-lo agir assim, mas também fiquei frustrada por não conseguir transmitir o quanto a minha amiga era maravilhosa. Aquilo me fez pensar: "Por que ele não consegue ver o quanto a minha amiga é encantadora?", e fiquei um pouco frustrada.

— Mas ela... — continuou Wada, um pouco relutante.

— O quê?

— É que é difícil de explicar, mas eu sinto que ela está lá, mas não está.

— Como assim?

— Bem, como posso dizer? Ela talvez esteja acostumada a ficar sozinha. Ou, melhor, talvez seja alguém que busca a solidão.

— Sério? Nunca tive essa impressão.

Eu estava surpresa demais para entender o que Wada estava dizendo. Sempre vi Tomo como uma garota alegre e amada por todos.

— Acho que posso dizer que ela sabe como se proteger. Não sei explicar muito bem, mas talvez eu seja sensível a isso porque também sou assim. Quando me deparei com o olhar dela, tive uma sensação de que somos o mesmo tipo de pessoa

Mas pode ser que eu estivesse nervoso porque foi a primeira vez que a encontrei. Desculpe, esqueça.

Quando ouvi aquilo, fiquei mais preocupada com Wada do que com Tomo. Aquelas palavras que ele tinha acabado de dizer... Fiquei triste ao pensar que aquelas palavras descreviam sentimentos que ele sempre vivera, mas nunca quis compartilhar comigo antes. Wada parou no semáforo na rua principal e disse:

— Aqui está bom.

— Você quer passar a noite na livraria? — perguntei a ele em tom de brincadeira.

— Não, o livreiro vai...

— Sim, eu sei — eu o interrompi. A resposta era tão esperada que nem pude ficar desapontada; no entanto, fiquei um pouco chateada. — Boa noite — disfarcei para que o meu sentimento não fosse descoberto e, sem esperar a reação do Wada, voltei correndo para a livraria.

§

No dia seguinte, acordei de mau humor. Fiquei sentada na cadeira sem olhar para nada em específico, perdida em pensamentos. Desde que conheci o Wada, na minha mente existiam dois "eus": o "eu" positivo e o "eu" negativo, e frequentemente os dois discutiam. Naquele dia, desde cedo, o debate entre eles estava acalorado.

Eu me achava uma pessoa teimosa e problemática, que me apegava às menores palavras e ações, vasculhando-as, convencida de que poderia determinar o tamanho dos sentimentos que Wada tinha por mim. Talvez, quando você se apaixonava por alguém, fosse desse jeito. Então o eu que estava no campo positivo tentava se defender do eu do campo negativo, dizendo: "Isso mostra o quanto eu o amo." O eu do campo negativo revidava, dizendo: "Ele vai achar insuportável se eu fizer isso." Hoje, o eu negativo estava em vantagem.

— Com licença...

Levei um susto quando ouvi uma voz e, ao erguer o rosto, me deparei com Takano me olhando imóvel entre as frestas das prateleiras.

— Ei, Takano, quando você chegou?

— Neste instante.

Olhei para o relógio e vi que já era quase meio-dia. Ele devia estar aproveitando o intervalo de almoço da *kissaten*. Takano usava uma camiseta de meia manga, com uma estampa desbotada do Mickey Mouse. Ele sempre vestia roupas leves mesmo no inverno. Talvez porque ele ainda tinha o coração de uma criança.

— Quando você chegar, me chame. Quero dizer, não entre tão silenciosamente.

— Ah, desculpe. Eu cheguei a chamar, mas parecia que você estava pensando em algo, com uma expressão séria... — Takano coçou a cabeça, como se não entendesse por que estava levando uma bronca. Eu sabia que estava descontando minha frustração nele, por isso me senti mal.

— Então, o que posso fazer por você? — perguntei, pigarreando para me recompor.

— O dono da *kissaten* falou que você está cuidando da loja sozinha desde anteontem.

— Como está vendo, é isso mesmo.

— Então, eu gostaria de conversar com você sobre um assunto.

— Diga logo o que você quer.

A demora do Takano para revelar de uma vez o assunto me deixava cada vez mais impaciente.

— Então, quero falar sobre Aihara Tomoko.

— Tomo?

Seria aquilo um *déjà vu*? Eu tinha certeza de que já havia vivido uma situação igualzinha àquela. Estava sozinha na livraria, Takano chegara, falara o nome da Tomo: "Sim, estou apaixonado por ela. *Profundamente* apaixonado." Naquela época, Takano me perguntara se eu poderia intermediar a relação por eu ser amiga da Tomo. Quando eles passaram a se relacionar razoavelmente bem, Tomo deixou o trabalho na *kissaten* para assumir um emprego formal e não houve mais progresso.

— Mas como assim? — perguntei, sem nenhuma empolgação, apoiando o cotovelo no balcão. Sinceramente, eu estava ocupada com os meus problemas, e não tinha intenção de lidar com os do Takano.

— Não precisa me responder assim, nesse tom escancarado de desinteresse — rebateu ele, magoado. — Você está vivendo seus dias felizes. Qual é o problema?

— Espere um pouco. Você é que veio à loja por vontade própria falar comigo. Não se faça de difícil agora.

— Você acha que estou me fazendo de difícil? — Ele sempre levava tudo a sério. Acabei perdendo um pouco de firmeza por ser atingida por aquele seu jeito negativo. Achei melhor não dizer para ele que a Tomo tinha me visitado na noite do dia anterior. — Bem, pode me ouvir um pouquinho?

Takano respirou fundo e começou a me contar o que aconteceu. Segundo ele, mesmo depois que Tomo deixou a ***kissaten***, eles continuaram a trocar mensagens (principalmente sobre livros). Takano era sempre o primeiro a escrever, mantendo um intervalo razoável entre as mensagens para não incomodar. No entanto, cerca de dois meses atrás, quando enviou a ela uma mensagem depois de um longo período, não só não houve resposta como a mensagem também parecia não ter sido entregue ao destinatário. Depois disso, tentou várias outras vezes, mas sempre recebia uma notificação de erro...

— Isso significa que ela bloqueou você? Porque os meus e-mails chegam direitinho a ela.

Não achei que Tomo faria uma coisa daquela. Se ela tivesse feito, devia ser porque Takano provavelmente fizera algo realmente grave. Eu enviei uma mensagem de texto na hora, dizendo "Obrigada por ter vindo ontem à noite. Até mais tarde" para testar. A tela do celular dizia que a mensagem havia sido enviada corretamente.

Quando estendi o celular para mostrar a tela, Takano olhou atentamente. Depois de um momento de silêncio, ele olhou para o teto e gritou:

— Por quê?!

— Takano, você se lembra de ter vigiado a casa da Tomo, vasculhado os sacos de lixo dela, implantado escutas ou algo assim?

Diziam que o amor não correspondido podia distorcer as coisas e levar uma pessoa a cometer tais atos. No entanto, o Takano, com o rosto vermelho, negou completamente tudo aquilo.

— Por que eu cometeria algum desses crimes? O chefe sempre me diz que eu não consigo ficar ligado no que está acontecendo ao redor, mas eu nunca faria nada de ruim com ela, muito menos persegui-la.

— Claro, me desculpe. Como é estranho esse comportamento da Tomo, resolvi perguntar. Não há como você, medroso como é, conseguir fazer tal artimanha, não é mesmo?

— É isso mesmo! — respondeu Takano todo orgulhoso.

Naquele momento, recebi a resposta da Tomo. Ela estava no intervalo para o almoço. A mensagem dizia: "Para retribuir o jantar de ontem, da próxima vez podemos marcar na minha casa." Fiquei muito feliz e respondi: "Semana que vem, então!" Takano olhou para mim totalmente desesperançoso e me indagou com voz de desespero:

— Por quê? Por quê? Por que só você, Takako?

Como eu saberia o porquê daquilo? Ao me lembrar de como Tomo estava graciosa ontem, acabei me solidarizando com Takano. Se estivesse no lugar dele, talvez ficasse apaixonado também. Neste caso, se ela me bloqueasse, poderia acabar ficando acamado por uma semana. A única coisa em que eu conseguia pensar desde ontem era no meu relacionamento com Wada, mas, depois de ouvir Takano, as palavras que Wada falou também passaram a me preocupar.

— Então, o que você vai fazer agora, Takano?

— Vim procurar um livro.

— Hã? — respondi, confusa, porque Takano começou a dizer aquilo do nada, sem nenhum contexto. Qual a conexão entre procurar um livro e o caso da Tomo?

— Existe um livro que Aihara procura. Foi há muito tempo, mas quando estava conversando com o dono da Subôru, ela comentou que havia um livro que sempre quis, mas que nunca havia encontrado. Eu estava apenas ouvindo a conversa...

— Que livro é esse?

— Acho que se chamava *O sonho dourado*. Não me lembro o nome do autor, mas parece ser uma obra japonesa antiga. Acho que pode ser um romance.

— Então você quer encontrar o livro e dar a ela de presente?

— No próximo mês, no dia 14, é o aniversário da Aihara, certo? Pensei em dar o livro a ela, se possível. Como não entendo muito de livros, achei que você poderia me ajudar. — Takano supôs aquilo, mas eu nunca tinha visto um livro com aquele título na loja.

— Suponhamos que você consiga dar o presente, o que você espera que a Tomo faça?

— Eu não espero nada. É só uma satisfação pessoal. Não espero que ela me note, nem quero que passe a gostar de mim. Se ela estiver me evitando, poderíamos até fingir que o presente é seu — respondeu Takano.

Pude sentir que ele realmente se preocupava com a minha amiga. Tive certeza de que o olhar do Takano equiparava-se ao olhar tristonho do bezerro que foi vendido na letra da canção “Donna Donna”, ensinada na aula de música quando eu ainda estava no ensino fundamental.

— Tenho certeza de que, para Aihara, sou apenas um colega de um antigo emprego informal, mas foi por causa do sorriso dela que consegui continuar trabalhando duro e não larguei a *kissaten*. Por isso, eu queria, de algum jeito, expressar a minha gratidão pelos últimos anos. Se ela ficar feliz, para mim será o suficiente.

— Hum, entendi. — Depois de ouvir sobre um sentimento assim, não poderia deixar de cooperar. — Se é assim, eu também vou ajudar você a encontrar o livro. Também quero que a Tomo seja feliz.

— Muito obrigado.

Com isso, Takano finalmente esboçou uma expressão um pouco mais alegre.

§

À noite, pouco antes de ter fechado a livraria, os meus tios apareceram para ver como eu estava. Eles poderiam ter ido para casa, em Kunitachi, ao chegar de viagem, mas aparentemente o meu tio insistiu em dar uma passada. Informei-o com orgulho de que não havia tido problema algum durante a ausência dele. Talvez fosse o efeito das fontes termais, mas a pele da Momoko estava ainda mais lustrosa do que de costume. Ela me entregou o *onsen manjû*, doce recheado com feijão-azuqui, como lembrancinha da viagem, mas o meu tio continuava com a cara fechada, em pé ao lado da Momoko.

— Tio, você não ligou mais depois do segundo dia.

Quando eu disse aquilo, ele apenas murmurou um "pois é...". Fiquei preocupada, mas, ao olhar para Momoko, ela disse que ele estava um pouco cansado por causa da viagem que fez depois de muito tempo, mas que tinha se divertido muito.

— Humm, entendi. — Achei um pouco estranho, mas não fiz mais perguntas. O importante era que os dois tinham se divertido. — Pode deixar tudo comigo, que vou fechar a loja. — Como eu queria ser responsável até o fim, pedi, então, que eles voltassem para casa antes de mim.

No dia seguinte eu precisaria voltar ao trabalho. Minha breve temporada na livraria Morisaki havia terminado. Fechei a porta com firmeza e tomei o caminho para a minha casa e para a minha rotina.

9

Na semana seguinte, o frio havia diminuído, e voltamos a ter um clima mais quente. Durante o dia, dava para sentir calor se usasse um casaco. Como prometi ao Takano, decidi procurar *O sonho dourado*, que Tomo tanto desejava. E, como a questão era encontrar um livro antigo, achei que seria mais adequado perguntar ao meu tio. No entanto, o meu tio disse que nunca tinha visto ou ouvido falar de tal livro. Eu estava certa de que me ajudaria, mas acabei voltando à estaca zero. Além disso, quando se tratava de uma obra que não conhecia, normalmente o meu tio passava a pesquisar acirradamente, muito mais do que eu, mas daquela vez não estava muito interessado — uma atitude incomum. Ele andava agindo de forma esquisita ultimamente (sempre fora uma pessoa esquisita, mas de uma forma diferente). Parecia estar muito cansado nos últimos tempos. Entretanto, quando lhe perguntei se estava bem, ele respondeu com outra pergunta: "Como assim?" Então achei que não havia muito com o que me preocupar.

Não tendo outra opção, decidi eu mesma fazer uma busca constante e, com discrição, visitar livrarias no caminho do trabalho para casa. Takano presumiu que se tratava de um romance, mas, como o meu tio não conhecia, havia uma boa chance de ser outro gênero, então visitei livrarias especializadas em livros infantis ilustrados e outros lugares do tipo.

Procurar um livro com base naquelas poucas pistas e diante de milhares de livros antigos era como uma caça ao tesouro. E, para ser honesta, eu estava adorando isso. Eu estava fazendo aquilo pelo Takano, lógico, mas também tinha uma grande curiosidade sobre o livro em si. Como era aquela tal história que Tomo tanto desejava? Seria interessante? Mudaria a visão de vida do leitor imediatamente após a leitura? Como eu estava confusa em relação a Wada desde a semana anterior, o meu desejo de ler aquele livro aumentou — lógico, se ele realmente existisse.

Entretanto, a busca foi mais difícil que o esperado. Passei em várias livrarias, mas não consegui encontrar o livro, nem mesmo alguém que soubesse da existência dele. Perguntei até ao Wada, mas ele também não o conhecia. Aparentemente, o livro que Tomo queria era muito peculiar. Quanto mais eu descobria que se tratava de um livro raro, mais o meu interesse aumentava. Então pedi ao meu tio que me deixasse participar do leilão realizado no Kosho Kaikan, prédio da associação de sebos.

O leilão era a maior oportunidade para um dono de sebo adquirir livros usados em grandes quantidades. De fato, diziam que era quase impossível administrar uma livraria de livros usados se você não participasse de leilões com regularidade.

O leilão no Kosho Kaikan reunia todos os proprietários de sebos do bairro de Jinbôchô. Aquele era o lugar certo para obter informações e encontrar livros raros. Mas, para dizer a verdade, eu não estava muito à vontade naquele lugar. Embora eu conhecesse quase todos ali, aquela atmosfera amigável era arruinada pela rigidez formal que também pairava no ar, o que me deixava ansiosa.

De qualquer forma, quando o leilão realmente começou, fiquei totalmente deslocada. Por isso me mantive atrás do meu tio, especialmente na parte inicial, quando os lotes foram expostos e tivemos de verificar se havia algo do nosso interesse. Ele estava realmente concentrado nos itens, fazendo anotações, então fiquei com receio de incomodá-lo. Permaneci de boca fechada e conferi os títulos dos livros um a um. Mas, infelizmente, não consegui encontrar o livro que procurava. Perguntei aos lojistas que me conheciam, mas tudo o que eles responderam foi que nunca tinham ouvido falar do livro. Aff!

Saí sorrateiramente do salão do evento e soltei um grunhido no corredor. Se eu não havia conseguido encontrar o livro naquele bairro até agora, onde mais poderia encontrá-lo? Era óbvio que havia a possibilidade de que eu apenas não o tivesse notado, mas parecia que Takano também visitara livrarias minuciosamente e usara até mesmo a internet em busca de informações. E, no entanto, mesmo assim, ao que parecia, ele também não tinha conseguido encontrar nada. Depois de uma discussão com Takano na Subôru, concordamos que iríamos nos arriscar no Festival de Livros Usados.

§

O Festival de Livros Usados, realizado sempre entre o fim de outubro e o início de novembro, era o maior evento do ano em Jinbôchô. Durante uma semana, as ruas normalmente calmas e pacíficas do bairro se transformavam: barracas de livros usados se alinhavam nas ruas, e surgiam até mesmo barracas vendendo yakisoba e frutas caramelizadas. Obviamente todos iam à procura de livros. Era impossível que eu também não ficasse entusiasmada naquela época do ano. Sentia-me feliz em saber que havia tantas pessoas que amavam livros. E a ideia de que um bairro como Jinbôchô, essencial para um grupo específico de pessoas, fosse tão amado me emocionava. Naturalmente, a livraria Morisaki também participava do festival todos os anos. Ao contrário das grandes livrarias que se alinhavam na rua principal, porém, a Morisaki participava com um pequeno estande em frente à loja e uma seção com ofertas especiais em seu interior. Naquele ano, Momoko havia preparado tudo para o festival, então parecia que havia pouco a ser feito por mim. Meu tio, que adorava o evento, ficava tão agitado todos os anos durante aquele período que chegava ao ponto de não conseguir fazer negócios, mas daquela vez ele disse que estava "tudo sob controle, então pode deixar comigo".

Devido a compromissos de trabalho, nesse ano só pude comparecer a um dia. Então, ajudei desde bem cedinho. Uma música animada vinda do palco da rua principal chegava até às livrarias das ruas laterais, enquanto o aroma dos doces e da carne assada eram carregados com o vento, saídos da rua Sakura, repleta de barracas de comida.

Para o almoço, o meu tio comprou *okonomiyaki*, um tipo de panqueca com verduras picadas, e salsichas tipo Frankfurt em uma daquelas barracas, e nós três comemos em frente à livraria. Ao lado do meu tio, que almoçava com entusiasmo dizendo "que delícia!", Momoko comentou friamente:

— Essas comidas só são apreciadas por causa do momento e, na verdade, nem são gostosas.

Mais tarde, quando já começava a escurecer, fiquei perambulando pelas ruas com Takano em busca de *O sonho dourado*. No meio da multidão, andamos a passos rápidos de uma ponta à outra do bairro.

— Três anos atrás, Aihara estava aqui conosco — murmurou Takano com tristeza, caminhando ao meu lado. Na verdade, Tomo também estava ali, mas agora ela rejeitava os telefonemas do Takano... Talvez aquele dia tenha sido o "sonho dourado" para ele.

Dividimos a busca por lojas, pois percebemos que seria impossível verificar o gigantesco número de livrarias que havia e decidimos nos encontrar em frente à livraria Morisaki dali a uma hora. Acabei não descobrindo nada. Quanto ao Takano, a julgar pela expressão dele quando retornou, era desnecessário perguntar qual fora o resultado.

O festival chegou ao fim e, à noite, eu, Takano e os meus tios decidimos sair para comer arroz com curry.

— Então vocês não conseguiram encontrar o livro? Bem, não tem o que fazer — disse Momoko enquanto comia com vontade o seu curry de carne, ao lado do Takano, que estava sem apetite.

— Eu também não conheço esse livro. Sinto muito por não ter conseguido ajudá-lo, Takano. — Meu tio também dirigiu palavras empáticas a ele. Eu não precisava dizer que o curry que ele pedira era de tempero suave.

— Não se preocupe... — Takano balançava a cabeça vigorosamente em negação, mas pude ver que os ombros dele estavam caídos em desânimo.

Eu também estava exausta e começava a me perguntar se havia algum mérito em me esforçar tanto para procurá-lo. Talvez fosse melhor perguntar logo para Tomo. Afinal, nem sabíamos se ela já tinha conseguido o livro. Mesmo sabendo que poderia ser inútil, Takano estava determinado a tentar. Eu sabia que aquilo era o que havia de bom nele, então decidi não dizer nada além do necessário.

— Não importa se não conseguimos encontrá-lo. Só pelo fato de você ter procurado com empenho, tenho certeza de que Tomo ficará feliz.

— É isso mesmo, o processo é o mais importante — acrescentou Momoko.

— Será mesmo?

— Mas, sabe, é ingênuo pensar que se pode conquistar uma garota com apenas um livro.

Ouvindo a Momoko falar, Takano se espichou sobre a mesa e resolveu rebater:

— Não tenho essa intenção. Nem passou pela minha cabeça essa ideia de conquistá-la.

— Ah, é mesmo?

— Sim — respondi, em defesa de Takano. — Tomo bloqueou as mensagens dele. Estamos muito longe desse cenário que você imaginou.

— Sério? Ela não quer te ver nem pintado de ouro? Isso é terrível. — Momoko olhou para o céu e pronunciou palavras desesperançosas, o que equivalia a uma sentença de morte para Takano. Meu tio a repreendeu, dizendo "Ei, pare com isso!".

— Takako...

Não compreendi o que ele quis dizer, mas, quando Takano me lançou um olhar ressentido, falei:

— Ah, me desculpe. Escapou. — Imediatamente tampei a boca com as mãos porque me lembrei do pedido dele de não falar das mensagens bloqueadas, mas já era tarde demais.

— Tem de ter cuidado com ela, porque ela tem a língua muito solta.

— Não, a Takako é muito cuidadosa, tanto com conversas quanto com dinheiro.

— Bem, desculpe-me por ter feito você ir junto comigo. — Ignorando os comentários desnecessários dos meus tios, Takano inclinou a cabeça para mim.

— Está tudo bem. Foi uma ótima oportunidade para visitar várias livrarias, foi divertido.

— Então fico aliviado, mas realmente sinto muito.

— Estou dizendo que não precisa se desculpar. No aniversário dela, se a Tomo aceitar, vamos fazer uma festa. Eu vou sugerir a ela — afirmei.

Takano parecia resignado, mas, por consideração a mim, tentou não demonstrar isso. Eu acreditava que era por ser uma pessoa assim que as pessoas ao seu redor o amavam tanto. Pensei que Tomo poderia ter um pouco mais de consideração por ele.

§

No domingo, fui à casa da Tomo, no bairro de Nezu. Era a primeira vez que eu a visitava. Normalmente ela estava livre nos fins de semana, então perguntei se poderia passar por lá no caminho de volta do trabalho para casa. O apartamento da Tomo ficava no segundo andar de um edifício de dois andares só para mulheres, a menos de cinco minutos da estação. Assim que toquei o interfone, segurando uma torta que havia comprado na confeitaria em frente à estação, Tomo abriu imediatamente a porta e me recebeu com um sorriso, dizendo: "Bem-vinda!"

A casa da Tomo era quase idêntica ao que eu havia imaginado. Era simples, limpa e elegante. As cortinas, os móveis e as roupas de cama eram todos de cores quentes, e eu poderia afirmar que se tratava de um apartamento de uma jovem de bom gosto. Exceto por uma coisa: a estante de livros era gigantesca, tão alta que alcançava o teto, e eu cheguei a ficar tentada a perguntar se ela fora feita sob encomenda. Era óbvio que havia livros enfileirados ali, sem nenhum espaço entre eles. Era uma quantidade suficiente para abrir um pequeno sebo. Quando se visitava a casa de um amigo assim, sempre se irrompia a curiosidade a respeito do conteúdo das prateleiras. Aproveitando o tempo que Tomo me preparava uma xícara de chá preto, dei uma boa olhada no catálogo. A maioria dos livros era de romances japoneses antigos, mas também havia alguns de autores estrangeiros, como Baudelaire e Rodenbach, além das séries de fantasia como *Contos de Terramar* e *O Senhor dos Anéis* (pelo que pude ver, o livro que Takano e eu estávamos procurando não estava na estante).

— Isso vai dar trabalho quando você for se mudar... — comentei, olhando para as estantes.

— Se vai! — exclamou Tomo. — Eles vão ocupar umas dez caixas de papelão. Aliás, estou tentando não comprar mais livros. Takako, quando você organiza a casa ou se muda, como faz o planejamento?

— Bem, ainda não tenho tanta coisa quanto você. Também não tenho muito apego aos objetos e acabo me desfazendo deles, vendendo-os.

— Entendi — respondeu Tomo num tom de voz desanimado —, eu também preciso vendê-los, mas, quando me agradam, fico apegada.

Depois do chá, enquanto saboreava a elaborada culinária asiática que Tomo havia preparado, perguntei se ela queria jantar em algum lugar comigo novamente para comemorar o aniversário de vinte e seis anos dela. Surpreendentemente, ela disse que não tinha planos, então decidimos preparar uma festa. No entanto, ao perguntar se poderia convidar o Takano também, ela parou no ar a mão que segurava o hashi prestes a pegar o rolinho primavera. De repente, olhou para mim com uma expressão de sofrimento no rosto.

— O Takano?

— Não posso?

— Não, não é que não possa, mas... — Tomo vacilou. O tom de voz dela denotava desconforto, a ponto de eu hesitar falar mais alguma coisa. Talvez algo grave tivesse acontecido... Pelo bem do Takano, eu queria pelo menos saber em que ele tinha errado. Contei rapidamente a ela o que tinha ouvido do Takano e perguntei o que tinha realmente acontecido.

Tomo vacilou ainda mais.

— Porque, veja bem... Já não trabalhamos juntos, então achei que não tinha mais por que mantermos contato.

Será que Tomo faria algo tão extremo como bloquear as mensagens recebidas por um motivo tão simples? Naquela época, pelo menos, eu achava que o Takano e a Tomo estavam se relacionando bem, parecia que naturalmente eles tinham se tornado namorados. A rejeição dela não aconteceria sem alguma falha no comportamento do Takano.

— Por acaso, ele fez algo de que você não gostou?

— De jeito nenhum. — Tomo me olhou, surpresa, negando firmemente. Ouvindo aquilo, fiquei tranquila. Eu estava me sentindo como se fosse mãe do Takano. — Ele não fez nada. Acho que o Takano tem um coração muito puro e eu o respeito. Portanto, não há nada errado com ele. A culpa é minha. — Dizendo essas palavras, Tomo apertou os lábios e abaixou a cabeça novamente. Notei que estava com os olhos marejados. Diante daquilo, fiquei completamente desnorteada.

— Não, Tomo. Não é sua culpa. Não é sua culpa nem nada do tipo o fato de você não conseguir aceitar os sentimentos do Takano. — Percebi que havia dito algo inconveniente. O fato de o Takano gostar dela era um assunto que nunca tínhamos abordado. — Desculpe...

— Não tem problema. Eu sabia que ele gostava de mim. Quando nós três fomos juntos ao Festival de Livros Usados, percebi isso. Mas eu fingi não perceber por um longo tempo. Fiquei feliz pelo fato de o Takano não ter falado nada e fingi não saber, o tratei como amigo.

— Mas isso não significa que seja uma coisa ruim...

— Não é isso. Não consigo. Sempre dá errado quando um cara se interessa por mim. Fico imediatamente assustada e não consigo corresponder. E, se começo a ceder, parece que estou traindo a mim mesma e o pânico me domina. Acho que estou louca, mas não consigo evitar.

Ela não tocou mais na comida e permaneceu em silêncio, olhando para baixo. As lágrimas em seus olhos grandes estavam prestes a transbordar. Era como se eu a tivesse encurralado, e, só de olhá-la, senti um aperto no coração. No silêncio da sala, apenas as luzes fluorescentes do teto produziam um zunido fraco, quase imperceptível.

Ao me ver relutar em fazer mais alguma pergunta, Tomo disse:

— Não sei se consigo explicar muito bem, mas quero falar mais um pouquinho...

— Então, que tal um chá? Tomar algo quente fará com que você se sinta um pouco melhor. — Procurei falar num tom alegre para tentar animá-la.

— Ah, eu faço...

Impedi Tomo de se levantar e me dirigi à cozinha. Lavei rapidamente as xícaras e o bule e preparei uma nova infusão de chá. Ela pegou a xícara e bebeu lentamente, e depois repetiu o que disse antes, de forma um pouco mais calma.

— A culpa não é do Takano. É minha. Eu já contei a você antes como comecei a ler livros, né?

— Bem, pelo que me lembro, foi por causa da influência da sua irmã mais velha...

— Exatamente. Eu tinha uma irmã cinco anos mais velha do que eu. Sempre a imitei em tudo, desde criança, mesmo quando se tratava de outras coisas além de livros. Ao contrário de mim, a minha irmã era muito inteligente e conseguia fazer tudo desde pequena. Ela tinha um temperamento um pouco difícil, mas sempre foi carinhosa comigo...

Tomo fechou os olhos por um bom tempo, como se estivesse se lembrando daqueles dias, e então voltou a falar:

— Minha irmã tinha alguém com quem estava se relacionando desde o ensino médio. Ele era o oposto dela, era uma pessoa muito quieta. Foi por causa dele que a minha irmã começou a ler livros. E eu, sofrendo a influência dela, acabei me apaixonando por ele, assim como a minha irmã. Foi o tal do "primeiro amor". Na época, eu estava na escola primária e não percebi que era isso, só brincava muito com ele. Foi só quando eu já estava no fim do fundamental que me dei conta disso. Aos olhos de todos, a minha irmã e ele eram o par perfeito, e, por muito tempo, nem pensei em demonstrar o que eu sentia. Eu estava satisfeita apenas por eles existirem e, às vezes, por fazer parte da vida deles.

Ela tomou um gole do chá e espiou para ver a minha reação. Quando assenti silenciosamente, como se dissesse "estou ouvindo", Tomo sorriu com uma expressão muito tristonha e continuou:

— Logo após eu completar dezessete anos, a minha irmã morreu em um acidente... O ônibus que ela sempre pegava para ir à faculdade colidiu de frente com um carro cujo motorista havia cochilado ao volante e que vinha em sentido contrário. — Ela apertou os lábios com força e fechou os olhos por alguns segundos, como se estivesse lamentando a morte da irmã. Eu ia dizer algo, mas ela balançou a cabeça e continuou: — Quando a minha irmã morreu, fiquei muito triste, senti de verdade que o meu coração estava prestes a explodir. Mas, depois de um tempo, percebi que em algum lugar dentro de mim havia outro sentimento. Algo como "Agora que isso aconteceu, ele vai olhar pra mim". Tinha essa expectativa. Uma emoção muito, muito feia e sombria.

— Não fale assim, Tomo...

Tomo abaixou a cabeça e encarou um ponto do chão, como se estivesse olhando um mar de escuridão. Por mais que eu vasculhasse a minha mente, não conseguia encontrar as palavras certas para aliviar seu sofrimento.

— Não consigo me perdoar por ter pensado assim. Não importa o que as pessoas digam, isso não vai mudar nunca para mim. Estou triste porque a minha irmã, que eu amava tanto, morreu, mas eu fiquei... — Depois de falar aquilo, Tomo olhou para cima de repente e, com uma expressão de culpa, disse: — Desculpe, acabei contando uma história terrível.

Balancei a cabeça em negação.

— E o antigo namorado da sua irmã...?

— Não o vejo desde o funeral dela. Como toda a nossa família se dava bem, ele ainda visita os meus pais de vez em quando. Mesmo depois de arranjar uma nova namorada. Parece que ele quer me ver também, mas eu nunca mais vou vê-lo. Não quero nunca mais reviver o sentimento que brotou naquele momento. Isso em relação a quem quer que seja.

— Então, quando alguém como o Takano gosta de você...

— Isso mesmo, eu fico com medo e fujo. Fico com vontade de gritar com eles para que parem. Não sou o tipo de pessoa que merece ser amada por alguém... Por isso, pretendia não me tornar a paixão de ninguém, mas o Takano sempre foi gentil e inocente, por isso acabei me permitindo depender um pouco dele e terminei machucando-o. Fui péssima. Vou ter de me desculpar quando o encontrar.

— Mas, Tomo, você não fica triste com isso?

— Quando fico triste, leio livros. Por horas a fio. Eu leio, e o meu coração agitado se tranquiliza novamente. Quando estou no mundo dos livros, não corro o risco de machucar ninguém... — Ela sorriu ao dizer aquilo, mas o seu sorriso exalava uma tristeza como eu nunca tinha visto. Talvez eu tivesse mantido por um longo tempo a imagem da Tomoko como uma pessoa alegre e animada e não quisesse ver algo mais profundo que isso. Mesmo se eu tivesse percebido aquele lado mais profundo, será que conseguiria pensar em alguma palavra que pudesse derreter o coração congelado dela?

Na verdade, não consegui responder nada quando ela sorriu e disse:

— Obrigada por me ouvir. Fiquei um pouco melhor com isso.

Eu me senti triste por aquele ser o motivo pelo qual ela lia, senti uma dor aguda no peito provocada pelo aperto em meu coração.

§

Dois dias após a minha visita à casa de Tomo, algo notável ocorreu em uma noite chuvosa.

No caminho da livraria Morisaki para casa, não tendo o compromisso de me encontrar com Wada, parei na Kissaku, a minha segunda *kissaten* favorita. O que a minha amiga havia me contado ainda estava me afetando, me deixando um pouco inquieta, e eu não consegui ir para casa imediatamente. Passei cerca de uma hora ali sem fazer nada e, na volta para casa, quando caminhava pela rua principal rumo à estação Jinbôchô com um guarda-chuva debaixo do braço, avistei um homem que caminhava um pouco distante à minha frente. Mesmo de costas, o homem usando aquele sobretudo me era familiar. Não havia dúvida. Era Wada, provavelmente tinha acabado de sair do escritório e estava voltando para casa.

Quando apressei o passo para alcançá-lo, ele parou na farmácia em frente ao semáforo. Uma mulher correu e parou diante dele, como se o estivesse esperando naquele local. Eu só conseguia ver uma parte do rosto dela por baixo do guarda-chuva vermelho, mas a reconheci imediatamente. Era a ex-namorada do Wada. As roupas e tudo mais não haviam mudado desde que eu a vira na livraria Morisaki.

Não dava para saber o que eles estavam conversando, mas Wada balançava a cabeça para ela como se estivesse concordando. Eu me escondi atrás da placa de uma lanchonete. Nem eu mesma entendia por que estava me escondendo daquele jeito, mas, quando percebi, já o tinha feito. Naquele meio-tempo, os dois começaram a caminhar lado a lado.

"O que estou fazendo?" Fui atrás deles, mantendo certa distância. "É como se eu os estivesse seguindo", pensei. Mas como deveria chamar o que estava fazendo, se não assim? Sob uma garoa fina, a avenida Yasukuni era um contínuo ir e vir de homens e mulheres voltando do trabalho com seus guarda-chuvas, e não havia sinal de que Wada e a mulher tivessem me notado atrás deles. Depois de caminharem tranquilamente, eles pararam por um momento e entraram na cafeteria Doutor da avenida Yasukuni, no bairro de Shinjuku, com toda a naturalidade.

Fiquei andando de um lado para o outro na frente da loja por um bom tempo. Eu estava esperando que os dois saíssem logo, então fiquei para cá e para lá enquanto as pessoas que voltavam para casa me olhavam com irritação. Permaneci ali por cerca de dez minutos enquanto alternava entre a calma e a confusão. Olhei em volta e vi que a chuva já havia diminuído, e as pessoas na rua estavam andando com o guarda-chuva fechado. Emiti algum som como "oh" ou "ah" e fechei o meu guarda-chuva também. Em seguida, comecei a caminhar novamente rumo à estação.

10

O acontecimento daquela noite parecia ter me afetado mais do que eu poderia imaginar.

Durante o dia, eu me sentia agitada; à noite, eu não conseguia dormir e não conseguia ler um livro sequer. No trabalho, até cometi um erro grave nos dados que enviei a um cliente, algo que não poderia ter acontecido. Por causa disso, o Wada Número Dois me deu uma bronca daquelas, e a culpa era toda minha. Em resumo, minha vida estava desmoronando depois daquela noite, e eu não conseguia fazer nada. À noite, quando estava sozinha no meu quarto, no futon, pensava as coisas mais absurdas por horas e horas.

"O que significa estar em um relacionamento?", pensei sobre aquilo enquanto olhava para o teto. Nós assistimos a filmes, comemos juntos e até dormimos na casa um do outro. Mas, se um não conseguia conquistar o coração do outro, eu podia afirmar que estávamos juntos? Que tipo de pessoa eu era para o Wada? Eu teria o direito de questioná-lo sobre aquela noite? Senti que já estava um tanto ou quanto perturbada por pensar assim...

Quem era eu para julgar o Takano? Eu também tinha a idade mental de um estudante no ensino médio, na melhor das hipóteses. No estado em que eu estava, tinha medo de abordar o assunto com Wada. Antes, eu costumava esperar ansiosamente para que ele me ligasse, mas agora, quando o nome dele aparecia na tela do meu celular, ficava com vontade de fugir. Mesmo depois daquela noite, a voz do Wada ao telefone continuava a mesma de sempre, doce e gentil. Antes, quando eu ouvia a voz dele, me sentia tranquila, como se estivesse olhando para a superfície de um lago calmo. Agora, porém, a voz dele soava terrivelmente distante.

— O que aconteceu? — perguntou Wada, preocupado ao ver que eu não conseguia expressar o que eu sentia. — Está doente? — A voz dele revelava preocupação.

— Não, não é nada. Bem, boa noite.

Pouco antes de desligar, recusei um convite dele para sair na semana seguinte, dando a desculpa de que estava com trabalho acumulado. Por fim, cheguei ao limite: eu não podia continuar remoendo tudo sozinha. Quando dei por mim, já estava me dirigindo para o pequeno restaurante onde Momoko trabalhava.

— Que surpresa! Alguém como Wada fazendo uma coisa tão terrível assim?!

Ao falar para Momoko que tinha uma conhecida que estava passando por um problema, descrevendo os acontecimentos, ela logo identificou que me referia a mim mesma. Como pressentia, eu não conseguia enganá-la. Enquanto eu bebia meu saquê, sob o olhar atento da Momoko usando o *kappôgui* branco, as palavras passaram a fluir como se os fios emaranhados tivessem se desembaraçado. Acabei contando tudo a ela, até mesmo como estava me sentindo naquele momento.

— Ora, ora. Este lugar se transformou em um centro de aconselhamentos amorosos.

— Desculpe.

— Bem, é para a minha adorável sobrinha, não é? — Não tive certeza se a Momoko estava falando com sinceridade, mas, depois de dar um sorriso, ela continuou: — Você tem medo de perguntar ao Wada o que está acontecendo, não tem?

Diante da pergunta, assenti em silêncio.

— Mas Wada não é esse tipo de pessoa, é?

— Fico com mais medo ainda porque acredito que ele não é esse tipo de pessoa. Eu tenho muito medo de ser traída de novo.

Apesar de ter respondido a Momoko daquela forma, comecei a perceber gradualmente que a essência da questão era completamente diferente. Desde aquele incidente com o meu ex-namorado, comecei de modo inconsciente a não confiar plenamente em nenhum homem, pois ficava com medo de que aquilo se repetisse. Tinha medo de que um descuido pudesse me causar novas feridas. Por isso eu era tão sensível a tudo o que Wada dizia e fazia, não apenas daquela vez.

— Ei, Takako. — Momoko deu a volta no balcão e se sentou ao meu lado. — Sabe, eu não sou muito culta, só consigo ler um livro enquanto o Satoru lê dez, então não conheço muito sobre livros, mas tenho um bom olho para as pessoas. Pelo que vi, não acho que Wada seja uma pessoa que a machucaria voluntariamente. Os olhos dele me disseram isso. O que é mais problemático é o muro que você mesma ergueu.

— Mu-Muro...? — repeti enquanto Momoko aproximava o rosto para me encarar.

— No fundo, você sabe, não é?

— Sim, acho que sim...

— Não é justo você querer que a outra pessoa se abra com você enquanto você permanece fechada. Se você não se abrir, não vai resolver nada. Wada também é um ser humano e talvez se canse de ficar com você tão irresoluta. E, quando isso acontecer, com certeza vai ser você quem vai se arrepender. — As palavras da Momoko fincaram o meu coração de forma contundente. Eu exigia muitas coisas do Wada, mas não tentei oferecer nada. Como a minha tia disse, o olhar e as expressões faciais dele deveriam ter me dito muito, mas acho que eu apenas procurei ler a mente dele a partir de suas pequenas palavras e ações.

Eu estava assim, pensativa, quando ouvi a voz aguda do Nakazono-san, o dono do restaurante, gritando: "Momoko, preciso de ajuda!", vindo da cozinha.

— Já vou! — respondeu ela em voz alta e se levantou da cadeira. — Bem, preciso ir. Não faça a sua tia Momoko ficar preocupada. Por favor, me tranquilize o quanto antes. — Minha tia beliscou as minhas bochechas e, sem me dar tempo de responder, correu rapidamente para a cozinha, onde Nakazono-san continuava gritando "Preciso de ajuda, preciso de ajuda!".

§

Alguns dias depois, em uma quinta-feira à noite, comemoramos o aniversário da Tomo. A festa foi, na verdade, uma pequena reunião com três convidados. A pedido da Tomo, a festa seria no andar de cima da livraria Morisaki. Levamos uma mesa comprida que usávamos como balcão da loja e, para comer, preparamos o *nabe*, uma panela de cozidos.

Convidei o meu tio e a Momoko, mas eles recusaram, alegando que já tinham passado da idade — uma desculpa muito esfarrapada. Takano a princípio não queria ir, porque achava que ela não gostaria da presença dele, mas eu o convenci de que aquilo não era verdade e acabei forçando-o a ir. Ele chegou com uma expressão tensa, usando roupas leves, como de costume, naquele frio, apenas um casaco laranja fino com capuz. Pensei que ele poderia ter se esforçado um pouco mais e se vestido melhor, já que se encontraria com uma garota de quem gostava.

Tomo sabia de antemão que Takano compareceria, mas, depois de se cumprimentarem na entrada da livraria, eles continuaram receosos em trocar palavras. Eu não estava nos meus melhores dias depois do incidente com o Wada, mas fiz o possível para entrar no clima. No entanto, forçar uma animação só fez piorar a situação.

Em um ambiente pesado, trocamos poucas palavras enquanto esperávamos o *nabe* ficar pronto. O Takano e eu bebíamos cerveja, e Tomo, que não tomava bebidas alcoólicas, bebeu suco de laranja. Tomo só comeu vegetais, e Takano, apenas tofu. Jantamos silenciosamente. Mas aquilo não estava certo, era o aniversário da Tomo! Então a minha irritação aumentou e naturalmente foi direcionada ao Takano.

— Takano, pare de comer apenas tofu! Coma legumes e frango também.

Ele já havia devorado dois pedaços inteiros de tofu.

— O quê? Desculpe. O tofu estava sobrando, então pensei que talvez nenhuma de vocês gostasse muito.

Takano ficou constrangido, e reforcei ainda mais o que tinha dito:

— Não decida por conta própria. Quero comer de forma balanceada. Tomo, você também quer tofu, não é?

Surpresa por ter sido mencionada de repente, Tomo endireitou os ombros e ergueu o olhar.

— Ah, eu estou bem... Takano, pode comer o tofu.

— Tomo, você não precisa tentar agradar a gente. Hoje é o seu aniversário.

Takano assentiu freneticamente.

— Isso mesmo, eu prometo que não vou mais pegar o tofu, então, por favor, coma o quanto quiser! — Ele tentou colocar de volta na panela os dois pedaços de tofu que tinha colocado no prato, e rapidamente eu o impedi. Depois daquilo, deixamos a aniversariante de lado e entramos em conflito por um bom tempo por causa do tofu. Tomo ficou olhando para nós, irritada, mas quando eu finalmente disse "Não suporto essas suas roupinhas leves o ano todo, como se nunca sentisse frio", ela não aguentou mais e interrompeu, dizendo:

— Chega, vamos parar com isso!

Então, voltando-se para Takano, acrescentou:

— Eu preciso te pedir desculpas, Takano. Sinto muito por ter feito uma coisa tão terrível. — Ela baixou profundamente a cabeça, fazendo reverência. Como era de se esperar, Takano ficou confuso e, quando tentou se levantar, bateu o joelho na quina da mesa e derrubou um pouco de comida.

— O que você está dizendo? Se tem alguém que deve pedir desculpas, sou eu — rebateu Takano, ainda agonizando com a dor no joelho.

Tomo pediu desculpas novamente. Eu, limpando a mesa que Takano sujou, disse a eles que deveriam "parar por aí". Fosse pela dor no joelho, fosse pelos sentimentos que tinha pela Tomo, o Takano, com os olhos cheios de lágrimas, parecia ainda ter algo a dizer, mas relutantemente se sentou e se calou.

De qualquer forma, aquilo parecia ter amenizado o clima pesado de antes. Não desperdicei aquele momento e entreguei a ela o presente de aniversário. Comprei um broche no formato de lírio, sua flor favorita, e Takano lhe deu uma luminária de mesa com vitral. A luminária era uma peça elaborada em forma de farol e, para um homem que tinha zero estilo, foi uma escolha bastante elegante. Tomo finalmente sorriu, dizendo que adorou os presentes. Então, continuei falando, ignorando a tentativa de interrupção do Takano, pensando que já não precisaria esconder nada:

— Na verdade, o Takano quis dar outro presente também, mas não conseguimos encontrá-lo. É o livro *O sonho dourado*. Tomo, você está procurando por ele tem muito tempo, né?

Ela, surpresa, ficou boquiaberta e olhou para mim Depois soltou uma voz de espanto:

— O quê? Vocês procuraram por esse livro?

— Sim, nós o procuramos. Tem algum problema?

— Desculpe-me, uma vez na Subôru eu ouvi você falando sobre isso. Acho que passei dos limites. Perdão.

Novamente Tomo ficou boquiaberta pelo que Takano falou.

— Tudo bem. É que, na verdade, esse livro não existe na vida real.

Dessa vez, fomos eu e o Takano que ficamos de boca aberta.

— Sério? Mas..

— Desculpe. Acho que eu falei de uma forma que induzi você ao erro.

— Mas, quando pesquisou na internet, Takano encontrou um fórum de pessoas que procuravam o mesmo livro.

Ele, ao lado, concordou com um aceno de cabeça.

— As pessoas que escreveram ali provavelmente são aquelas que acreditam piamente na existência do livro. Para alguns, é considerado um livro raríssimo, sobre o qual muito se especula — contou Tomo, desculpando-se.

Por isso, não havia como encontrar o tal livro, mesmo procurando no melhor bairro de livrarias do mundo. Não era de se admirar que o meu tio não o conhecesse. Aquele Takano... um apressado, que chegara a uma conclusão errada. Olhei para Takano com raiva. Eu também nunca tinha desconfiado de que o livro não existisse, então não podia culpá-lo de todo. Tomo começou a nos explicar detalhadamente sobre o tal livro que não existia.

No início do Período Shôwa, nos anos que se seguiram após 1925, uma autora praticamente desconhecida chamada Fuyuno Mitsuko publicou uma obra intitulada *Tasogare no Isshun*. A obra consistia na história de um velho cego solitário prestes a morrer e de uma mulher de meia-idade contratada para ler para ele. Entretanto, talvez por ter um conteúdo romântico demais, a obra não foi reconhecida pelo cenário literário nem pelo público na época da sua publicação. O livro chamado *O sonho dourado* era o romance que aquela mulher lia no fim da história, quando o velho estava nos últimos momentos de vida. Ou seja, ele era o livro-chave da narrativa. Na época, alguns entusiastas tentaram encontrar aquele livro, o que causou certo alvoroço. No entanto, anos depois, descobriu-se que o título do livro era uma criação da própria autora. Dentro do romance *Tasogare no Isshun*, o livro era descrito como uma obra-prima de tirar o fôlego. A história terminava com o homem idoso, que nunca havia conhecido o amor, percebendo, depois de ler aquele livro, que amava a mulher que lia os livros como se fosse seus olhos e que estivera do lado dele por longos anos.

— Foi a minha irmã quem me falou da existência de um romance chamado *O sonho dourado*. Ela disse que era um livro maravilhoso e que me recomendava fortemente. Isso foi cerca de seis meses antes do acidente. Eu acreditava em tudo o que a minha irmã dizia. Então fiquei obcecada com a procura por esse livro. Mas, na verdade, ele não existia... — Tomo riu para mim com uma cara engraçada.

Takano, que provavelmente só tinha entendido metade do que ela dissera, ficou piscando várias vezes ao meu lado.

— Acho que a minha irmã sabia o tempo todo que o livro não existia, porque ela me disse que havia pegado o livro emprestado do namorado para ler. Não sei por que ela me contou uma mentira dessas. Minha irmã não era desse tipo. Então, por quê? Talvez ela quisesse apenas tirar sarro de mim, ou tivesse percebido que eu tinha interesse pelo namorado dela e resolveu me punir de algum jeito... De qualquer forma, agora a minha irmã está morta e nunca vou saber. E, mesmo sabendo racionalmente que o livro não existe, ainda o procuro quando vou a algum sebo. Se alguém me pergunta se há algum livro que quero, a primeira coisa que digo é *O sonho dourado*. Penso que, se eu encontrar esse livro, espero que algo dentro de mim mude, assim como o velho cego do romance. Mesmo sabendo que isso é uma ideia totalmente infantil...

Por fim, a Tomo se desculpou mais uma vez, dizendo:

— Eu não tinha ideia de que você estava procurando esse livro. Realmente sinto muito.

— Não tem de se desculpar, nós o procuramos porque quisemos...

E assim, sem saber daquilo tudo, o Takano e eu ficamos procurando aquele livro por duas semanas. O que fizemos foi uma total perda de tempo e mais nada. Tomo não estava apenas procurando aquele livro. O que ela procurava eram as respostas ocultas por trás dele, respostas que ela nunca encontraria. Estava presa à morte da irmã e aos acontecimentos que a sucederam, e estava presa por vontade própria. Tomo, quando falava sobre a irmã, sempre sorria melancolicamente. Uma tristeza contagiosa...

— Feliz aniversário! — gritou Takano de repente e se levantou. — Fiquei encorajado com o seu sorriso, Aihara. Eu queria ver esse sorriso, por isso nunca deixei o meu emprego na *kissaten*.

O que aquele homem estava dizendo, assim do nada? Fiquei espantada e puxei com força a manga do Takano, mas ele estava tão eufórico que não parou:

— Isto é, o que quero dizer é que, mesmo que você não tenha percebido, existe uma pessoa que foi salva por você aqui mesmo. E com certeza há uma pessoa aqui que está realmente muito feliz por você ter nascido neste dia. Se possível, gostaria que você se lembrasse disso. É só isso que quero dizer. — Takano disse tudo aquilo quase gritando e, no fim, repetiu, com a voz enfraquecida: — Feliz aniversário. — Em seguida, o rosto dele ficou vermelho como se estivesse zangado, e ele se sentou com um baque. De repente, o ambiente foi tomado pelo silêncio. Pude sentir o quanto ele queria animar Tomo, mas achei o ato abrupto demais.

A panela estava fervendo de forma instável na minha frente, então apaguei o fogo. Tomo ficou olhando para o chão, calada. Por fim, ela se levantou e, em seguida, abriu a porta de correr do quarto ao lado, que estava cheio de livros, entrou e a fechou por dentro.

— Eu disse algo errado...? — Takano ficou pálido e olhou para mim.

Não se ouvia nenhum som no quarto ao lado. Esperamos por um tempo, mas não havia sinal de que ela fosse sair. Fiquei preocupada e, depois de bater na porta, espiei lá dentro. Vi Tomo sentada na penumbra lendo um livro sem prestar atenção em mais nada. Mesmo quando abri a *fusuma*, a porta deslizante, ela nem sequer olhou para mim.

— Oi? Tomo? — resolvi chamá-la, já que ela estava de costas.

— Sim?

— O que está fazendo?

— O que estou fazendo? Estou lendo um livro — respondeu Tomo descontraidamente.

— Sim, mas por que justamente agora?

— Porque de repente me deu vontade de ler. — O olhar da Tomo permaneceu fixo no livro. Será que aquilo significava que ela estava tentando escapar da realidade? Fugir das palavras que poderiam ser interpretadas como uma confissão de amor ditas pelo Takano?

Quando Takano se aproximou por trás dela, Tomo aproximou o rosto do livro para mergulhar ainda mais na leitura. Takano e eu nos entreolhamos, confusos. De repente, ele se sentou ao lado da Tomo, pegou um livro de bolso que estava por perto e começou a lê-lo em silêncio. Por um momento, Tomo ergueu a cabeça e olhou para Takano, mas voltou o olhar ao livro sem dizer nada.

— Ah, mas... Vocês estão me deixando um pouco assustada! — Soltei um murmúrio, olhando para os dois. Mesmo assim, eles não demonstraram nenhuma reação.

A primeira coisa que me veio à mente foi o fato de que os dois poderiam ficar assim até o amanhecer, e aquilo me deixou um pouco tensa, mas em seguida o Takano quebrou o silêncio:

— Olha, Aihara, não sou muito bom de papo, então não consigo falar bem, mas posso pelo menos fazer companhia pra você em silêncio. Se precisar de mim, é só me chamar. Eu venho voando.

Tomo não tirou os olhos do livro, mas se mexeu levemente na escuridão. Parecia que ela estava concordando, balançando a cabeça. Takano também notou, então sorriu um pouco e voltou a ler. Talvez Takano tivesse uma compreensão muito melhor da Tomo, ou mesmo dos seres humanos, que eu. Enquanto eu me perguntava como deveria tratá-la, ele estava pensando em como poderia fazê-la se sentir confortável. Uma porta fechada voluntariamente pela própria pessoa só fazia sentido quando aberta por dentro, e não à força. Eu me perguntava se era assim mesmo. Vendo os dois em silêncio, lado a lado, percebi que não estava longe o dia em que Tomo abriria a porta sozinha.

Eu também peguei um livro que estava por perto e me encostei na parede. Enquanto folheava as páginas, decidi: sim, ligaria para o Wada. E ia falar que gostaria que ele me encontrasse em breve. Teria de derrubar o muro que eu havia construído. E assim passamos a noite do aniversário da Tomo, em um silêncio violado apenas pelo som das páginas sendo viradas.

11

Com a passagem de um tufão pelo oeste do Japão, Tóquio foi assolada por chuvas e ventos fortes durante alguns dias. Ao longo das ruas, as árvores perderam todas as folhas, estendendo seus galhos miseravelmente para o céu.

Wada andava ocupado com o trabalho naqueles últimos dias, e só conseguimos nos encontrar quatro dias depois do aniversário da Tomo. Normalmente, ele estaria de folga naquele dia, mas tinha surgido um trabalho de última hora, então só conseguimos nos ver no final da tarde. Ele disse que havia notado algo estranho no meu comportamento e, assim que me viu, perguntou, preocupado, o que estava acontecendo. Portanto, resolvi perguntar de uma vez sobre o acontecimento daquela noite.

— Então foi esse o motivo de você estar tão abatida... — Depois de me ouvir, Wada murmurou como se tivesse finalmente entendido. Ele então soltou um suspiro, dizendo "Se foi isso, é compreensível", e ficou imóvel, de olhos fechados.

Naquele dia, a Subôru também estava movimentada. Na mesa ao nosso lado, um homem de terno e gravata lia o jornal enquanto tomava café, e na mesa em frente um jovem casal estava conversando. A chuva havia parado desde o início da manhã e já era possível ver o sol brilhando depois de muitos dias de tempo ruim. A luz suave do sol da tarde entrava silenciosamente pela janela do restaurante pouco iluminado

Wada manteve uma expressão tensa e nem tocou no café por um longo tempo. O ombro dele próximo à janela estava tingido de amarelo pela luz do sol que incidia. Como ele continuava imóvel, fiquei apreensiva e perguntei:

— Você está bem?

— Sim, estou bem. Desculpe-me, a culpa foi minha por não ter contado a você. Também fui imprudente. Pensei que você se sentiria mal se eu falasse sobre essas coisas, mas, como não contei, acabei deixando você pior ainda. Eu realmente sinto muito. — Ele disse aquilo com muita velocidade e tentou me explicar até o motivo pelo qual tinha se encontrado com aquela moça...

Naquela tarde, enquanto ele estava no escritório, ela havia entrado em contato com ele pela primeira vez depois de um ano, porque queria devolver um livro. Ele lhe dissera que não se importava se ela ficasse com o livro, mas ela insistira, dizendo que estava perto dali e, quando se encontraram, sem saber por quê, ela o pressionara para reatarem o relacionamento...

Interrompi Wada no meio da explicação:

— Não se preocupe, está tudo bem.

— Tudo bem? Mas eu... — perguntou-me Wada e arregalou os olhos.

— Quero dizer que está tudo bem agora. Entendi que nada aconteceu. — Dizendo isso, eu ri. Consegui rir naturalmente. Para dizer a verdade, eu andava muito tensa até encontrar Wada após um longo tempo sem vê-lo, mas, ao tê-lo diante de mim, os meus sentimentos se tranquilizaram por completo, e senti que já estava bem.

— Como? Mas você...

Ao contrário de mim, que já tinha me dado por convencida, Wada tinha a testa franzida e uma expressão de quem não estava entendendo nada. Ele sempre ficava assim quando estava perplexo. Talvez reagindo à voz de Wada, o homem sentado na mesa ao lado da nossa ergueu os olhos do jornal que lia e nos espiou, mas logo perdeu o interesse e voltou para o próprio mundo.

— Eu não disse que queria encontrar você para falar sobre isso. Eu só queria vê-lo.

— Mas como estava preocupada com isso, então você...

Fiz que não com a cabeça.

— A verdade é que isso não importa. Foi algo que me deixou aflita, mas o que mais me afetou foi o fato de ter percebido que não estava confiando em você. Basicamente, o problema estava em mim.

— Que problema? — Wada franziu a testa novamente. Naquele dia, ele parecia constantemente confuso.

— Isso mesmo. Fui covarde, por isso evitei abrir meu coração para você. No meu subconsciente, eu tinha medo de me machucar. Quando Momoko me disse isso, finalmente entendi. Por isso, decidi deixar de ser assim.

Ao pronunciar essas palavras, tive a sensação de que a pressão fora subitamente liberada do meu corpo. Eu me senti muito melhor. Fiquei realmente bem. Olhando para o Wada, pude perceber isso. Só precisava olhar atentamente para ele para ter certeza. Mas eu nunca tinha feito isso. Wada ficou me observando por um longo tempo, piscando várias vezes, e depois murmurou, com uma voz um tanto comovida:

— Entendo.

Quando eu soltei um "É mesmo?", reagindo à fala do Wada, ele respondeu, tomando um gole do café:

— Entendi que você ficou pensando em mim durante toda a semana.

— Humm. — Virei o rosto. — Wada, não foi em você que pensei, mas em mim. Se não tivesse feito isso, eu acabaria me odiando e, assim, não conseguiria ficar com você. Não quero que isso aconteça de jeito nenhum.

Wada, ao ouvir aquilo, coçou a cabeça e sorriu, acanhado.

— Estou com a sensação de estar numa montanha-russa.

— Perdão, eu disse muitas coisas estranhas. — Dizendo aquilo, tomei todo o café num gole só, como se estivesse dando fim àquele assunto.

— Não, a culpa é minha. De qualquer forma, não há nada entre mim e ela. Não vou vê-la novamente. Acredite em mim.

Voltei a sorrir porque Wada, que sempre procurava ser sério, reforçou aquilo ao sair da loja, como se estivesse acrescentando uma informação.

§

Depois disso, caminhamos pelas ruas com o sol já se pondo, rumo à casa do Wada. No dia seguinte, nós dois teríamos que trabalhar cedo, mas naquela noite queríamos ficar juntos.

— Eu também tenho uma confissão a fazer — falou Wada subitamente enquanto caminhava com a suavidade costumeira e com as costas eretas. — Takako, eu sempre tive muita inveja de você.

— De mim? Por quê? — perguntei, pois fiquei muito surpresa.

— Você tem muitas pessoas em quem pode confiar e com quem se sente à vontade, não é?

— Essas pessoas são o tio Satoru e companhia?

Wada sorriu e assentiu em concordância.

— É só observá-la para saber o quanto se importam com você, Takako.

— Bem, talvez... Não é que eu não sinta realmente isso, mas acho que caçoam de mim com muita frequência, especialmente Momoko e Sabu-san.

— É porque você é uma pessoa especial. E porque você também se preocupa com as pessoas ao seu redor.

— Será? Não sei se sou especial — falei, envergonhada.

Quando cheguei a Tóquio, passei um longo tempo sem ter pessoas conhecidas ao meu redor. Aliás, quando estava na casa dos meus pais também era assim. Não tinha quase ninguém com quem eu pudesse conversar sem hesitar, como ocorria quando estava com meu tio, Momoko e Tomo. Então, refleti comigo mesma que o eu de agora era bastante incrível.

Da primeira vez que fui à loja do meu tio, nunca imaginei que tantos encontros estariam esperando por mim. O encontro com Wada também fez parte disso. Se não fosse por aquela desilusão amorosa, eu nunca teria visitado a livraria Morisaki, continuaria afastada do meu tio e provavelmente não teria conhecido Wada. Quando pensava nisso, me sentia muito estranha. Tudo estava conectado, e ali estávamos nós, duas pessoas caminhando lado a lado em uma rua onde o sol começava a se pôr.

— Foi uma surpresa gigantesca ouvir que você tem inveja de mim. Você é adorado por muitas pessoas em todos os lugares, poderia se relacionar bem em qualquer situação.

— Não, isso não é verdade. — Wada negou veementemente. — Desde criança, as pessoas sempre me disseram que eu era inteligente. É verdade que sou alguém que pode se dar bem em qualquer lugar, mas, em contrapartida, sempre interagi com as pessoas de uma maneira fria. Minha mente sempre estava apática, e, mesmo quando criança, eu raramente sentia uma alegria incondicional. Nem eu sabia o motivo. Pensava que era assim por ter sido criado em um lar muito impessoal e por às vezes me manter distante dos meus pais, mas tenho certeza de que esse não era o único motivo. Talvez eu tenha nascido assim, ou seja, a minha pessoa está estruturada assim. — Ele continuou falando enquanto olhava atentamente para a palma da mão direita. Era como se ele estivesse tentando verificar a composição do próprio corpo. — Quando você está com alguém assim, mesmo que essa pessoa seja interessante no início, depois de algum tempo acaba enjoando, né? É por isso que todo mundo vai se afastando naturalmente. Meu quarto era terrível no início, não era? Não sei explicar muito bem, mas acho que é uma boa representação de quem eu sou. Dominei a arte de arrumar a aparência, mas por dentro está tudo uma bagunça e não sei fazer nada a respeito, mas, quando vejo você, os seus amigos da livraria Morisaki, realmente sinto uma vontade de fazer parte desse círculo. Vocês me encantam. Quando disse que escreveria um romance tendo como cenário uma livraria, foi porque queria fazer parte desse círculo à minha maneira, mesmo que fosse só um pouco. — Dizendo aquilo, Wada olhou para mim com uma expressão um pouquinho acanhada. Acabei retribuindo o olhar com intensidade. Até agora eu nem suspeitava que ele pensava aquele tipo de coisa. Entendi por que ele estava tão nervoso quando me disse que ia escrever um romance, e agora aquilo finalmente fez sentido para mim. — É a primeira vez que senti o desejo de ser aceito pelas pessoas. Queria rir e chorar junto.

Segurei carinhosamente a mão do Wada.

— É óbvio que você pode ser assim. Porque você é uma pessoa maravilhosa.

— Será mesmo? — murmurou Wada, inseguro, mas afirmei:

— Estou falando sério!

Wada olhou para mim um pouco surpreso, depois sorriu, apertando os olhos.

— Obrigado — disse ele por fim, mas era eu quem queria dizer aquela palavra. Fiquei feliz por ele ter me dito o que estava pensando. Por ele gostar de mim e das pessoas com quem eu me importava. Senti-me como se tivesse recebido uma recompensa por ter tido a coragem de confidenciar os meus sentimentos a ele.

Expressar sentimentos podia ser mais difícil do que parecia. Ainda mais quando se tratava de alguém importante, principalmente no meu caso — refleti enquanto caminhava ao lado dele —, mas, se você criar coragem, pode se aproximar ainda mais dessa pessoa, como tinha acontecido agora. Quando viramos a esquina, já conseguíamos avistar o apartamento do Wada. Caminhamos reto, de mãos dadas.

Em poucos dias, o verdadeiro inverno bateria à porta e a minha estação favorita chegaria ao fim. "Isso não será tão ruim", pensei. Tinha certeza de que, de agora em diante, chegasse o inverno, chegasse a primavera, ou as estações mudassem novamente, aqueles dias de paz continuariam. As pessoas que eu amava, seus sorrisos, estariam sempre comigo. Segui pensando assim, despreocupadamente, enquanto caminhávamos pela rua conforme anoitecia.

12

— Precisamos conversar. — Já estávamos em meados de dezembro quando o meu tio pronunciou essas palavras.

Já fazia duas semanas desde a minha última visita à livraria Morisaki. Fiquei meu dia de folga inteiro em paz na loja, até a hora de fechar, e já estava prestes a sair quando o meu tio, visivelmente inquieto, me chamou para conversar.

— Você tem mais alguns minutos?

— Claro. Por quê?

Ultimamente, meu tio andava mais calado. Fiquei um pouco preocupada, mas, para ser honesta, não prestei muita atenção nele porque estava ocupada com Wada, Tomo e a minha rotina. Pensando bem, o comportamento recente do meu tio estava nitidamente estranho. E agora esse anúncio todo formal de que quer falar comigo. Meu tio era o tipo de pessoa que sempre começava a falar por conta própria quando tinha vontade. Decidimos ajudar um ao outro para otimizar o fechamento da loja e sair. Assim que chegamos ao lado de fora, o ar frio da noite tocou as nossas bochechas. Uma verdadeira noite de inverno. O silêncio reinava absoluto, e o ar parecia afiado feito uma lâmina. No céu escuro, várias estrelas cintilavam.

— Bem, vamos caminhar um pouco — sugeri ao meu tio. Achei que ele ficaria mais animado se respirasse o ar fresco e movimentasse um pouco o corpo.

— Mas está frio, não?

— Sim, está frio, e por isso eu quero caminhar um pouco.

— Tudo bem, vamos.

Atravessamos a rua Sakura até a avenida principal, viramos a esquina e continuamos a caminhar. Meu tio tinha pernas curtas, mas andava rápido e não diminuía o ritmo para acompanhar alguém com passo lento. Portanto, quando caminhávamos juntos, a distância entre nós aumentava gradualmente. No entanto, eu sabia que em algum momento ele iria parar e esperar que eu o alcançasse, por isso eu não tinha pressa. Segui calmamente atrás dele. Como sempre. Desde criança, eu me lembro de sair para passear com ele e ficar para trás, observando suas costas esguias.

Quando chegamos ao fosso em frente ao Palácio Imperial, decidimos fazer uma pausa antes de retornar. A água do fosso refletia a luz opaca das lâmpadas da rua, e a silhueta preta de um pássaro nadava graciosamente pelo espelho d'água. Estava escuro e silencioso atrás da cerca viva onde ficava o Palácio Imperial. Meu tio comprou duas garrafas de limonada quente em uma máquina de venda automática e me entregou uma delas, justificando que era para não pegarmos um resfriado.

— Ufa! — Meu tio sentou-se em um dos bancos em frente ao fosso imperial e suspirou.

— Como está a sua dor? — perguntei com um sorriso irônico.

— Está tudo bem, isso não me afeta em nada. — Ele ergueu o polegar e fez sinal de positivo.

De onde estávamos, dava para ver muitas estrelas. A lua estava bem fina, e a constelação de Órion brilhava atrás dela. Nos edifícios que abrigavam as redações dos jornais, do outro lado do Palácio Imperial, ainda havia muitas luzes acesas. As pessoas faziam caminhada pela avenida ao longo do fosso. Nós tomamos a limonada quente sem pressa, observando a caminhada dos transeuntes.

— Por falar nisso, obrigado pela viagem. Estou feliz por termos ido. A Momoko também ficou feliz. Pensando bem, fazia dez anos que não viajávamos juntos. — A viagem já tinha acontecido mais de um mês atrás, mas o meu tio resolveu falar sobre ela agora.

— De nada. Foi uma forma de retribuir o que vocês fazem por mim.

— Não é pra tanto.

— Tio, você cuida de mim desde que eu era criança — falei enquanto olhava para o céu noturno. A ideia de que ele sabia tantas coisas sobre mim, e por tanto tempo, me intimidava um pouco.

— É mesmo, já faz vinte anos que nos conhecemos. — Meu tio também olhou para o céu e estreitou os olhos, como se sentisse saudade do passado. — O tempo voa, não é mesmo?

— Bem, teve uma época que não nos vimos por muito tempo. Para dizer a verdade, passei a não gostar de você depois que me tornei adolescente. Não sabia o que você estava pensando, e você sempre estava perambulando por aí como um jovem, embora já fosse adulto.

— Que comentário horrível, estou chocado. — Meu tio deu uma leve risada e se deixou levar pelo seu humor habitual.

— Desculpe. Mas eu adorava você na minha infância. Quando penso naqueles dias, só tenho lembranças felizes. Agora percebo o quanto você era gentil comigo.

— Ha-ha-ha. Eu era odiado sem nem mesmo saber. Entendi agora por que você não veio me ver por muito tempo.

— Eu não o odiava, apenas não sabia como lidar com você, mas não me sinto mais assim.

— Ainda bem que agora está tudo bem. — Meu tio ria e falava como sempre. A voz era suave, mas claramente havia algo diferente. Ele estava receoso com alguma coisa. No silêncio da noite, eu conseguia sentir a inquietação dele, e comecei a me preocupar. Aquele desconforto foi aumentando pouco a pouco dentro de mim.

— Ei, tio, o que você queria me falar? — perguntei a ele, que hesitava, sem ir direto ao ponto.

— Ah, sim.

— É alguma coisa ruim? — Quando dei por mim, estava segurando a garrafa com toda a força. Minhas mãos estavam suando, apesar do meu corpo estar frio. Meu tio olhou para mim de lado e fez um pequeno aceno de cabeça, concordando.

— Pois é.

— E então?

Ele assentiu novamente e continuou a falar com a expressão séria:

— Na verdade, minha fístula perianal vem piorando nos últimos tempos. Estou com problemas de verdade agora.

Fui uma boba em me preocupar tanto. Empurrei-o com as duas mãos o mais forte que pude. Ele quase caiu do banco e soltou um grito abafado.

— Ta-Takako-chan, o que você está fazendo? Por favor, assim você me faz forçar os glúteos.

— Idiota. — Suspirei profundamente, como se quisesse liberar toda a tensão que estava sentindo. Fiquei furiosa, mas, em contrapartida, estava também aliviada.

Então era a fístula perianal. Era essa a causa da sua dor. Devia ser horrível, mas ainda bem que era só isso. Ainda bem mesmo.

— Você definitivamente deveria ir ao hospital amanhã.

— Sim, eu vou.

— Isso é uma promessa? — perguntei e me levantei num pulo. — Bem, é melhor voltarmos.

Tínhamos de sair dali logo, ou pegaríamos um resfriado. Entretanto, o meu tio relutou em se levantar. A fístula perianal doía tanto assim? Pensei em ajudá-lo e estendi a mão direita para puxá-lo do banco. Entretanto, o meu tio ficou olhando para a minha mão estendida e se recusou a segurá-la. Eu já estava impaciente e ia dizer "Anda!", quando ele disse algo como "É sobre a Momoko".

— O quê? — perguntei, completamente desprevenida.

— Na verdade, ela me contou sobre isso durante a viagem... — Meu tio apertou os lábios como se quisesse fazer uma pausa. Depois continuou lentamente: — O câncer voltou faz algum tempo. O médico deu o diagnóstico há bastante tempo, mas ela preferiu manter em segredo. Parece que já está em um estágio bastante avançado... — A respiração branca exalada do meu tio ascendia aos céus e se dissipava. — Sou o único que sabe disso por enquanto, mas eventualmente todos vão descobrir. Antes que isso aconteça, pensei em contar a você primeiro, Takako-chan...

Foi como se de repente o chão tivesse sido tirado de baixo de mim. Não consegui ficar em pé direito. Minhas mãos e meus pés congelaram automaticamente. A mão que estava estendida para o meu tio caiu, frouxa, sem que eu pudesse controlá-la.

— É mentira, né? Porque ela parece tão saudável...

Eu queria que fosse mentira. Rezei para que fosse. Mas não era. Os olhos tristes do meu tio me confirmaram.

13

O céu límpido de inverno foi atravessado por um bando de aves migratórias, batendo as asas pretas e formando fila única. Em seguida, retornaram pela rota de origem e se afastaram novamente.

Para onde estariam indo?

Fiquei observando os pássaros da janela do quarto de hospital.

Um vento forte soprava naquele dia. O hospital dispunha de um pátio bastante grande, onde os pacientes podiam caminhar, e, nas tardes quentes, era comum ver pessoas ali, mas, como era de se esperar, não havia ninguém por perto naquele dia. Uma fileira de pinheiros rangia com violência por causa da ventania. O ar frio entrava pela janela ligeiramente aberta.

— Está vendo algo interessante? — Quando me virei, me deparei com Momoko recostada na cama, tricotando com tranquilidade e olhando para mim à janela. Fechei a janela vagarosamente.

— Nada de especial. Só estava pensando que hoje está ventando forte. Você prefere a janela fechada?

— Com certeza, obrigada.

Ela movia as agulhas de tricô com muita habilidade. Ultimamente, ela andava se dedicando ao tricô, e seu olhar se concentrava nas próprias mãos.

— O que você está tricotando?

— Luvas.

— Mas já estamos no fim de fevereiro.

— Não tem problema, estou fazendo isso por diversão. Só para fugir do tédio.

— Entendo...

Sentei-me na cadeira de metal ao lado de Momoko e comecei a observar as mãos dela.

— Takako-chan, quando eu terminar, você quer ficar com elas? Não uso luvas.

— Claro. Mas quanto tempo vai demorar?

— Talvez em março. Mas você pode usá-las novamente no ano que vem...

Ano que vem.

Repeti aquelas palavras na minha mente. Não conseguia imaginar que Momoko poderia não estar mais presente. Não, eu não queria pensar nisso. Tentei afastar esse pensamento triste, respondendo num tom de voz alegre:

— Ok, então, negócio fechado.

— Combinado.

Momoko ergueu o rosto e sorriu para mim. Era um sorriso cheio de carinho, sem malícia. O quarto em que Momoko foi internada ficava no terceiro andar de um hospital geral em

Tóquio e tinha quatro leitos. Ela já havia se submetido anteriormente a uma cirurgia naquele hospital e fora internada em uma enfermaria no mesmo andar. Naquela ocasião, ela estava separada do meu tio e, portanto, eu acreditava que ela devia ter se sentido sozinha. O quarto sempre exalava o cheiro de desinfetantes e produtos químicos típicos de hospitais, além de um leve odor de suor. As cortinas cor de creme e as paredes brancas lisas eram limpas, mas um tanto sem graça.

— O hospital é um lugar assim. — Momoko fez uma cara como se quisesse dizer que aquilo era normal. — Bem, já pode ir. Não precisa ficar aqui o tempo todo.

Momoko indicou a porta com o queixo sem parar de tricotar. Quando eu ia visitá-la, ela sempre me tratava assim, tentando me fazer ir embora em menos de uma hora. Fiquei sem saber se ela estava dizendo aquilo por preocupação ou se eu a estava incomodando. Quando eu ficava relutante em ir, ela dizia:

— Não precisa se preocupar tanto. Como pode ver, estou bem. — Então ela ria, e eu sabia que não podia fazer mais nada além de ir embora.

A aparência da Momoko estava sempre boa, a pele, firme, e ela parecia saudável. Comia tudo que era servido nas refeições e não tinha dificuldade em ficar sentada ou deitada na cama. Era difícil dizer isso, mas ela parecia a mesma de antes.

§

— Ela é muito problemática. — Naquela noite, o meu tio repetiu aquilo muitas vezes, em meio aos suspiros, a caminho de casa.

Andamos vagarosamente, lado a lado, como se estivéssemos proibidos de andar rápido, até a estação de trem. Nem me lembro de qual foi o caminho que fizemos do Palácio Imperial para casa. A única coisa que me lembro de ter ouvido foram os pequenos suspiros do meu tio, como se fosse impossível para ele parar. Naquela conversa, descobri uma série de fatos que eu nem sequer fazia ideia.

O câncer da Momoko já estava bastante avançado e havia se espalhado para os linfonodos, dificultando a cirurgia. Quando o médico contou isso a ela, minha tia falou que não queria ser operada daquela vez. No início, o meu tio se opôs veementemente, mas, depois de várias conversas com o médico responsável, passou a acreditar que aquela seria a melhor opção. E, acima de tudo, que estava respeitando a vontade da Momoko...

Ao lado dele, fiquei murmurando coisas como "Ah, sim" e "Entendi", pois os meus pensamentos não estavam acompanhando o desenrolar dos fatos, e eu não sabia o que pensar. A única coisa que tinha entendido era que a situação estava muito mais séria do que eu havia pensado. Dava para ouvir os suspiros do meu tio se misturando ao som dos carros que passavam pela avenida. Caminhei em silêncio por um bom tempo, olhando para o asfalto, mas, como surgiu uma dúvida, resolvi perguntar:

— Você disse que descobriu isso na viagem, né?

— Ah, sim. Fiquei assustado porque ela me falou de repente. A Momoko não é o tipo de pessoa que faz piadas sobre coisas assim, mesmo tendo um lado brincalhão. Por isso, percebi logo que estava falando sério.

— Então, tio, você já sabia há muito tempo, né?

Eu, inocentemente, queria que eles descansassem com aquela viagem. Não tinha ideia de que haviam tido conversas como aquela. Pensando bem, foi depois da viagem que o meu tio ficou visivelmente quieto. Desde então, ele guardou aquele segredo, sem dividir com ninguém. Eu conseguia entender por que era tão difícil para ele me contar. Talvez ele temesse que, ao dizer em voz alta, estaria admitindo toda a situação.

— Tio, deve ter sido muito difícil carregar esse fardo sozinho — acabei murmurando.

Meu tio soltou um riso fraco e disse:

— Não se preocupe com isso. Como eu disse antes, não temos certeza de nada. Ela deve ser internada daqui a algum tempo, mas isso também vai depender das observações futuras.

— Entendi...

Entretanto, não fazer a cirurgia significava que não havia a cura, o que também queria dizer que o tempo estava se esgotando para Momoko. Isso foi o que mais me chocou. A doença incrustada no corpo da Momoko logo tomaria conta de sua existência e a levaria para outro mundo. Ela partiria em breve? Como eu poderia acreditar em uma coisa dessas? Eu, de modo egoísta, sempre pensava que Momoko se tornaria uma bondosa senhora idosa. E que continuaria administrando a livraria Morisaki ao lado do meu tio, também idoso.

Quando me dei conta, estava suspirando exatamente como o meu tio fazia. Como se aquilo fosse um sinal, ele murmurou:

— É difícil de acreditar. Depois de cinco anos, ela finalmente volta para mim e logo depois fica doente. Se já não fosse suficiente, ela ainda me conta que está em estágio terminal. No entanto, ela estava tão tranquila em relação a isso que foi difícil para mim ter noção da realidade. Ela deveria ter agido um pouco mais como uma pessoa enferma. — Meu tio balançou a cabeça novamente em reprovação e soltou outro pequeno suspiro.

— Pois é...

— Essa situação está me deixando louco. — Ele continuou repetindo aquilo várias vezes até chegarmos à estação.

§

No entanto, por um tempo, nossos dias se passaram como se o tio não tivesse me dito nada. Momoko continuava atendendo aos clientes na livraria e trabalhando no pequeno restaurante alguns dias por semana. Sabu-san e os outros clientes habituais vinham à livraria para conversar com a minha tia e, à primeira vista, nada parecia ter mudado. Mesmo quando fui visitá-la na livraria depois de saber da doença, ela foi muito objetiva sobre o assunto:

— Bem, é assim que as coisas são — disse em um tom de voz tranquilo.

— Mas, você sabe... — Eu queria dizer alguma coisa, mas antes mesmo que eu pudesse abrir a boca, ela falou com positividade:

— Não há o que fazer quanto a isso. Eu já estava meio preparada. Portanto, não fique com essa cara tão séria. Fico deprimida vendo você assim — disse ela alegremente e deu um tapinha nas minhas costas.

Parecia que era eu que precisava ser consolada. Não podia ficar deprimida, já que a própria enferma não estava naquele estado de espírito. Até o dia em que chegasse o momento, eu queria passar o máximo de tempo possível com Momoko, como sobrinha dela e como uma amiga alguns anos mais jovem. E encontraria uma maneira de oferecer minha ajuda a ela e ao tio. Eu estava determinada.

Pouco tempo depois, Momoko foi internada. Foi logo depois do Ano-Novo. Disseram que a previsão era de uma internação de curto prazo, mas, dependendo da situação, esse período poderia se estender. Momoko explicou a situação a Nakazono-san e decidiu se afastar temporariamente do trabalho no pequeno restaurante. Foi o próprio Nakazono-san quem sugeriu que ela tirasse uma licença em vez de se demitir, na esperança de ver a minha tia vestindo o *kappôgui* novamente.

Meu tio pensou em todo tipo de coisa que poderia agradar a Momoko e até a convidou para fazer outra viagem antes de ser hospitalizada. No entanto, o desejo da minha tia era ficar em casa, tranquila. Meu tio suspeitou que ela estivesse receosa pelo fato de ele não querer se afastar da livraria e que o estivesse atrapalhando, mas Momoko, segundo o meu tio, afirmou veementemente que não era o caso.

— Já fizemos uma viagem, foi o suficiente. Satoru, você deve voltar e administrar a livraria direitinho. Quero vê-lo trabalhando na loja o máximo de tempo possível.

Depois de ouvir aquilo, o meu tio percebeu que qualquer protesto seria em vão.

Àquela altura, todos em Jinbôchô já sabiam do estado de saúde da Momoko. E todos, sem exceção, quando ouviram a notícia, pareciam incrédulos, assim como eu: "Doente? Aquela Momoko?" Sabu-san até me ligou e exigiu energicamente que eu contasse a ele os detalhes. Entretanto, por desejo da Momoko, as pessoas agiam com naturalidade, sem demonstrar preocupação nem tristeza.

Até chegar o momento de a minha tia ser hospitalizada, acompanhei-a com frequência à Subôru, pois ela dispunha de tempo livre agora que havia tirado uma licença do pequeno restaurante. Às vezes, eu, o Sabu-san, o dono da Subôru e o Takano conversávamos. Momoko também continuava alegre e até zombava do Sabu-san e dos outros que estavam desanimados. Ela adorou o milk-shake que o dono preparou especialmente para ela e passou a pedir sempre.

Uma vez, eu, Wada e a minha tia estávamos tomando chá. Então a Momoko começou a dizer deliberadamente na frente do Wada algumas coisas como: "Como você e o Wada Número Dois estão se saindo ultimamente?"

— Wada Número Dois? Quem é esse? O Número Um sou eu?

Minha tia ficou muito satisfeita ao ver o Wada perguntar com uma expressão séria. Logo depois, como se tivesse acabado de se lembrar, ela se virou para Wada e falou:

— Quero que você cuide da Takako-chan, certo? Ela é uma garota muito legal, mesmo que às vezes seja um pouco indecisa.

Aquilo não era típico da Momoko. Fiquei atônita e de olhos arregalados quando Wada disse "Com certeza" ao meu lado. Naquele período, meu tio passou a andar sempre desanimado, aparentando estar muito pior do que Momoko. Mesmo assim, abria a livraria como de costume, e eu ocasionalmente ia checar como ele estava.

— Tio, você está bem?

— Sim, estou.

Toda vez que perguntava, preocupada, o meu tio respondia que sim, mas ele não parecia estar nem um pouco bem. Se eu insistisse, ele ficava irritado, então experimentava falar sobre algo que o animasse.

— Você tem alguma recomendação de livro?

— Como? Ah, sim, não consigo pensar em nenhuma hoje, mas vou achar algo para você na próxima vez.

Mesmo com um assunto pelo qual normalmente se interessava de imediato, ele só mostrava uma reação monótona como aquela. E continuava a suspirar.

— Tio, não tem algo que eu possa fazer? — Olhando para o perfil sem energia do meu tio, não pude deixar de sentir pena. Eu faria qualquer coisa que pudesse para ajudar.

Meu tio me olhou, surpreso, como se estivesse questionando o motivo da minha pergunta.

— Do que você está falando? Takako, você sempre nos ajuda. Até mesmo nos acompanha ao hospital. Seria abuso da nossa parte pedir mais alguma coisa — disse o meu tio e riu fracamente.

A livraria Morisaki, sem o eco costumeiro da voz alegre do meu tio, parecia um lugar terrivelmente triste.

§

Em meados de fevereiro, uma semana após Momoko ter sido internada, os médicos disseram que ela tinha mais seis meses de vida. Quando o meu tio me contou, parecia completamente surreal. Era como se as palavras que saíam dele não fizessem sentido. Eu não conseguia imaginar que Momoko desapareceria num futuro breve. Acima de tudo, Momoko, que no momento estava respirando e sorrindo, não mostrava o menor sinal de que aquilo de fato estivesse para acontecer... A morte parecia estar ainda muito, muito distante. Ou talvez, se tratando de Momoko, a morte seria espantada com uma risada, fazendo desaparecer aquele fato. Olhando para ela, até eu me sentia assim.

Eu ia ao quarto de hospital da Momoko praticamente para confirmar que aquilo era real. Quando via que ela estava com a mesma aparência de sempre, me sentia aliviada, em segredo, pensando: "Ah, que alívio, ela está perfeitamente bem." De fato, ela parecia estar bem.

— Em outubro, ou mesmo em setembro, quando ficar fresquinho, pensei em irmos ao Monte Mitake novamente.

Um dia, fiz aquele convite a Momoko, que estava absorta com o tricô, como de costume, em seu quarto de hospital. Pegaríamos o teleférico para subir a montanha juntas, como antes, e nos hospedaríamos na mesma pousada da outra vez. Eu tinha certeza de que a dona da pousada e Haru ainda estariam lá — poderíamos visitá-las. Depois, do mirante, admiraríamos a bela vista das montanhas e dormiríamos com nossos futons lado a lado, pensei.

— Então, não é legal? Você me disse que também se divertiu da outra vez, não foi?

Quando falei aquilo, me inclinando para a frente da cadeira, ela encolheu os ombros preguiçosamente e respondeu:

— Humm... você ficou reclamando que estava cansada e que suas pernas doíam.

— Eu nunca disse isso.

— Disse, sim!

— É verdade, talvez eu tenha reclamado um pouco, mas, da próxima vez, não vou dizer nada.

— Será mesmo? Você se cansa com facilidade.

— Prometo!

— Falando nisso, naquela vez você caiu na montanha de bunda no chão. Aquilo foi muito engraçado — disse ela, rindo.

No fim das contas, ela não respondeu se iria ou não. No pátio do hospital, enquadradas pela janela do quarto, as cerejeiras já começavam a florescer. As pétalas dançavam vigorosamente na beira da estrada.

14

Mesmo com a chegada do verão, Momoko continuava bem. Nos dias mais quentes, ficávamos preocupados que o calor pudesse afetá-la, mas ela estava sempre com apetite, e sua aparência continuava com um aspecto saudável. Momoko entrou e saiu do hospital várias vezes, mas também encontrava forças para ir à livraria Morisaki. Nas noites em que Tomo aparecia para visitá-la, nós três íamos jantar no restaurante de Nakazono-san.

No entanto, no início do outono, quando a brisa fresca finalmente começou a soprar mesmo durante o dia, a situação mudou drasticamente. Momoko estava se recuperando em casa e teve uma queda. O tratamento domiciliar de uma semana foi cancelado, e foi decidido que ela voltaria ao hospital imediatamente.

— O médico me disse para estar preparado — disse o meu tio com uma voz grave ao telefone. — Takako-chan, por favor, vá vê-la novamente quando tiver tempo.

Aquele telefonema breve do meu tio teve um poder mais do que suficiente para acabar com as fracas esperanças que eu andava alimentando nos últimos seis meses. Foi também o momento exato em que a parte da realidade que eu tentava manter ofuscada, a parte da qual eu desviava o olhar, finalmente tomou forma.

No dia seguinte, aproveitei o intervalo do trabalho e fui correndo ver Momoko. Quando abri a porta do quarto de hospital em que ela estava, cheia de ansiedade e nervosismo, como se o meu coração estivesse sendo arrancado, ouvi logo uma voz:

— Olá, Takako-chan. Veio me visitar de novo? — Depois de me cumprimentar, ela me dirigiu a frase de sempre, porém sua voz estava incomparavelmente mais fraca.

Ela continuou deitada e nem tentou se recostar na cama, mesmo me vendo entrar, como se o corpo não obedecesse, o que foi bem diferente das vezes anteriores. Quando a vi uma semana atrás ela parecia bem... Assim que nossos olhares se encontraram, ela deu um sorriso tímido, como uma menina acanhada.

— Momoko... — Sem querer, acabei falando com uma voz chorosa, mas logo me recompus e tentei exibir o maior sorriso possível. — Meu tio me contou tudo. Não posso acreditar!

— Viu como agora sou uma pessoa importante?

A nova ala era um quarto individual. Momoko era a única pessoa deitada na cama branca no meio do quarto. O local era bastante espaçoso, mas havia uma estranha sensação de opressão. Muitas pessoas já haviam passado algum tempo naquele quarto, naquela cama, e depois partido. Por alguma razão, só o fato de estar no quarto já fazia com que eu me sentisse assim.

— Cadê o meu tio?

— Ah, ele foi em casa pegar uma muda de roupa e outras coisas. Como aconteceu de repente, eu não tinha nada preparado.

— Imagino...

Fiquei no quarto esperando até que o meu tio voltasse. Momoko não me pressionou para ir logo embora como das outras vezes.

— Takako, obrigada por sempre me visitar. Você pode vir me ver de novo? — pediu ela quando eu estava prestes a sair. Nem parecia a Momoko. — Estou envergonhada. Só se fala assim quando se está vulnerável.

— Gosto mais quando você é atrevida.

— Ei, ei, o que você está dizendo para uma senhora como eu?

— Vou voltar logo. Por enquanto, tente descansar. Está bem?

Ela virou somente a cabeça para mim e sorriu, assentindo.

Senti um nó quente dentro de mim. Como se uma bola de fogo estivesse latejando na altura do peito e subindo em busca de uma saída. Depois de deixar o quarto, encostei na parede do corredor e fiquei olhando atentamente para as luzes fluorescentes no teto até me acalmar.

§

Naturalmente, desde aquela época, a livraria Morisaki também começou a ficar mais dias fechada, pois o meu tio passou a visitar Momoko no hospital com uma frequência maior. Ela não gostava daquilo, mas, não importava o que dissesse, o meu tio se recusava obstinadamente a parar de ir ao hospital.

Tio Satoru estava visivelmente mais magro. Ele sempre fora magro, mas seu corpo ficava cada vez mais fino, a ponto de ser doloroso observá-lo. Ele também estava com olheiras, as bochechas pareciam ter afundado, e, em apenas alguns meses, parecia ter envelhecido pelo menos cinco anos. E também estava sempre aéreo. Às vezes, nem percebia que um cliente estava segurando um livro na frente dele.

— Tio, cliente. — Quando eu cutucava gentilmente o ombro dele, ele respondia:

— Ah, me desculpe.

Ele recebia o livro e finalizava a venda, mas, assim que terminava de atender, seu olhar novamente passava a vaguear sem rumo, perdido.

A livraria em si continuava a mesma. Os livros eram organizados pelo meu tio e colocados em seus devidos lugares, e a loja estava até bem limpa. Apesar disso, eu não podia deixar de sentir que aquilo estava tornando o espaço mais sufocante. Sugeri timidamente ao meu tio que descansasse um pouco. No entanto, ele não me deu ouvidos, dizendo que assim conseguia evitar pensar em várias coisas.

— Se continuar desse jeito, você vai desmoronar.

— Não se preocupe, não sou tão fraco assim.

Ele em geral era fracote e entregava os pontos muito fácil, mas, particularmente em momentos como aquele, se mostrava forte.

— Sabe, a Momoko se desculpou, dizendo que me causou problemas. Para falar uma coisa dessas, ela deve estar fora de si. É por isso que eu preciso provar que estou bem.

— Tio... — Não consegui encontrar o que dizer a ele.

— Eu sou fraco... — Sentado no Jirô, com o olhar aéreo e depois de suspirar, o meu tio murmurou: — Achei que estava pronto para me despedir dela nesses últimos seis meses. Mas não estava. Acabo desejando querer ficar com ela nem que seja um dia a mais. Sei que estou sendo egoísta, mas não quero que ela morra ainda. Ela já aceitou naturalmente o destino dela. Sou eu quem não consegue aceitar. Estou sempre sendo egoísta.

— Você não é egoísta — rebati enfaticamente, mas ele balançou a cabeça e negou.

— Sou, sim. Ultimamente, fico pensando que, se Momoko pudesse viver o máximo possível, eu estaria disposto a sacrificar qualquer coisa para que isso acontecesse. — Meu tio deu um sorriso amargo e disse que se sentia um homem muito apegado. Depois, olhou para mim como se tivesse recobrado o juízo repentinamente. — Ah, desculpe. Estou aqui só resmungando.

— Não se preocupe. Não posso fazer nada a não ser ouvir você.

De fato, o que eu podia fazer era somente algo desse tipo. Fiquei muito desapontada comigo mesma em reconhecer tal incapacidade. Ignorando o meu estado de desânimo, o meu tio repentinamente deu um pequeno grito e se levantou.

— Sinto o cheiro de osmanto-dourado. — Ele respirou fundo e fechou os olhos.

Eu o imitei. Era verdade. A doce fragrância, que se tornou mais acentuada durante a noite, surgiu do nada em meio ao cheiro de mofo.

— Já é a época do seu florescimento. — Ao me ouvir, o meu tio exibiu o primeiro sorriso verdadeiro do dia.

— A Momoko sempre gostou desse aroma. Espero que ela, no quarto de hospital, também o tenha sentido.

Como se estivesse fazendo uma prece, o meu tio ficou de olhos fechados por um longo tempo.

§

O tempo flui, os dias passam. Ninguém pode detê-lo.

A última vez que encontrei Momoko foi em uma tarde calma em meados de outubro. O ar agradável do outono e a fragrância dos osmantos-dourados que floresciam no jardim chegavam ao quarto. A cortina balançava levemente com o vento. Estava tão silencioso que até o menor farfalhar dela se fazia ouvir com nitidez.

Logo que cheguei ao quarto do hospital, o meu tio murmurou algo sobre ter alguns assuntos a tratar e saiu imediatamente. Pensando agora, talvez tenha sido a maneira dele de demonstrar carinho por Momoko e por mim, pois talvez fosse a última vez que nós duas ficaríamos juntas.

— Takako-chan, você pode me contar alguma história? — Momoko estava sonolenta, mas de repente abriu os olhos e me fez aquele pedido. — Estou me sentindo muito melhor hoje e estou com vontade de ouvir uma história ou algo assim.

— Que tipo de história?

— Ah, pode ser qualquer uma. Por exemplo, uma lembrança da sua infância.

O pedido me pegou de surpresa, e tive de pensar numa história que fosse adequada para a situação. Se possível, algo engraçado que pudesse fazer a minha tia rir. Algo que a fizesse esquecer a dor no corpo, nem que fosse apenas por um momento.

— Hum, aconteceu antes de vocês se casarem. Uma vez, o meu tio me levou a um festival de verão...

— Sério, o Satoru?

— Na última noite de verão, quando minha mãe e eu estávamos na casa do meu avô, como de costume, começamos a ouvir uma música vinda do festival que havia na vizinhança. Então fiquei com muita vontade de ir. Minha mãe me dissera para dormir cedo porque pegaríamos o avião na manhã seguinte, mas eu gostava bastante de estar com o meu tio e estava muito triste por não podermos mais estar juntos. Então o meu tio acabou me levando ao festival. O evento terminou logo depois de chegarmos, mas fiquei feliz só por ter ido lá. Bem, eu não tinha como comprar nada das barracas, então o meu tio comprou sorvete em uma loja de conveniência próxima. Voltamos para casa tomando os sorvetes.

Enquanto eu falava, me veio vagamente na memória o brilho das lanternas de papel, o tom de voz animado das pessoas e até mesmo o céu noturno com o calor do dia ainda persistente. Eu havia me esquecido daquilo por muito tempo, mas agora sentia que era uma lembrança muito importante.

— E foi isso. Desculpe-me, eu gostaria de ter pensado numa história mais divertida.

Quando pedi desculpas, a Momoko, olhando para o teto, balançou levemente a cabeça em negação.

— Parece que consigo ver essa cena... É maravilhoso, eu gostaria de ter estado lá também. Queria ter ido ao festival junto com você ainda criança e Satoru.

— Na verdade, não pudemos aproveitar quase nada do festival.

— Mas essa não é a história perfeita para vocês dois? — Momoko deu uma risadinha, então eu acabei rindo também. Pelo menos achei que estava rindo, mas, quando me dei conta, algo frio pingou no dorso da minha mão. As lágrimas começaram a cair do meu rosto para a minha mão novamente, como pingos de chuva. "Agora não", pensei, mas já era tarde demais.

Eu havia decidido que não choraria na frente da Momoko. Achei que seria egoísta e vergonhoso chorar na frente dela, porque ela estaria sofrendo mais do que todos nós. Eu havia deliberadamente decidido que não choraria, mas naquela tarde não consegui segurar. Quando a minha tensão abrandou, não consegui mais segurar o choro. Aquela bola de fogo que estava girando no meu peito finalmente encontrou uma saída.

— Sinto muito — desculpei-me, tentando de todas as formas conter as lágrimas. Mesmo assim, a emoção que havia encontrado a saída foi transbordando, ignorando a minha racionalidade. — Desculpe, desculpe.

Continuei repetindo as mesmas palavras. Momoko estendeu a mão e a deslizou pelos meus cabelos, sussurrando no meu ouvido "Está tudo bem. Não se desculpe". Ao ouvir o sussurro carinhoso dela, as lágrimas passaram a transbordar ainda mais.

— Mas... desculpe.

— Takako-chan, não se desculpe. Está bem?

Com o rosto em lágrimas, assenti. Minha tia beliscou fracamente o meu rosto, a ponta dos dedos estava fria. Peguei sua mão pálida e gelada e a apertei impulsivamente. Era muito pequena. As mãos de Momoko, que eram pequenas e femininas, agora pareciam muito menores. Era como se estivessem diminuindo, feito um floco de neve que derrete quando é tocado.

— Obrigada por chorar por mim — disse Momoko e continuou: — Quando você estiver triste, não é para ficar se segurando, chore à vontade. As lágrimas são por vocês, que terão de continuar a viver. Uma vida que ainda vai apresentar muitas situações tristes. A dor está em todo lugar. Portanto, não tente fugir da tristeza, chore muito e siga em frente com ela. É disso que se trata a vida.

Assenti, segurando a mão da Momoko. O cheiro doce do osmanto-dourado ainda permanecia levemente no quarto, e eu podia senti-lo enquanto soluçava.

— Não me arrependo de nada, Takako. Estou muito feliz por ter reencontrado Satoru, podendo passar o resto do meu tempo ao lado dele, e também consegui tempo para me despedir de vocês. Além disso, você e eu vivemos uma linda amizade. Assim, se eu quisesse algo mais, seria pedir muito.

Ela estava certa. Momoko havia voltado para o meu tio porque queria se despedir dele. O fato de a minha tia não demonstrar mudança na aparência depois de saber do retorno da doença podia ter sido porque o desejo dela já havia sido realizado. Mesmo depois da hospitalização, Momoko estava sempre preocupada com as pessoas ao seu redor, com uma postura elegante. Ela realmente não se arrependia de nada. Um pouco depois de dizer tudo aquilo, Momoko recomeçou a falar de repente:

— Tenho apenas uma preocupação em relação a quando eu não estiver mais aqui... Sei que estou abusando da sua bondade, mas você poderia ouvir o meu último pedido?

— Um pedido? — Ergui o meu rosto marcado pelas lágrimas e pelo ranho e olhei para ela. Minha tia me encarava com um olhar decisivo.

— Bem, o Satoru, mesmo depois de saber da volta do meu câncer, nunca demonstrou estar triste. Ele sempre sorri, como se estivesse carregando tudo nos ombros, mas eu sei de verdade o quanto Satoru está triste com a minha situação. No entanto, ele nunca reconhece isso. Estou preocupada com a possibilidade de que, mesmo depois que eu me for, ele não consiga chorar nem procurar ajuda de ninguém, e tenha de viver com a dor Ele é uma pessoa muito gentil e sensível.

— É mesmo. — O sorriso triste dos últimos tempos do meu tio me veio à mente, e senti um aperto no coração.

— Então, mesmo depois da minha morte, se o Satoru não conseguir chorar, gostaria que você ficasse ao lado dele. Nós não pudemos ter filhos, então só consigo pensar em fazer esse pedido a você. Se Satoru estiver fechado em sua concha, brigue com ele. O que eu mais quero é que ele possa seguir em frente com isso. — Momoko apertou a minha mão com força. Talvez ela tenha sentido alguma dor, porque o rosto dela se contorceu. — Desculpe fazer um pedido desses.

— Eu prometo que farei isso. — Olhei firmemente para a minha tia e respondi assim, porque queria que ela soubesse que entendi bem o raciocínio dela.

— Obrigada. Fico muito aliviada.

Momoko, depois de dizer aquilo, finalmente suavizou a expressão e sorriu. Era um sorriso tranquilo, como se refletisse a paz sentida no fundo do coração. Ela, então, secou gentilmente com um lenço o meu rosto marcado de lágrimas. Fechei os olhos, como uma criança fazendo a vontade da mãe, até que ela secasse todo o meu rosto. Fiquei imóvel e de olhos fechados por um longo tempo. Por um longo, longo tempo. Aquilo aconteceu numa tarde realmente serena. Apenas a cortina cor de creme balançava silenciosamente ao vento.

Três dias depois, no início da manhã, Momoko faleceu.

15

O velório foi realizado na casa do meu tio.

Era um lindo dia ensolarado de outono, já em outubro, um dia perfeito para a partida da Momoko. Os pais dela faleceram quando ela era jovem, e por isso apenas alguns parentes compareceram, inclusive os meus pais. Em contrapartida, muitas pessoas que tinham uma ligação com ela em Jinbôchô vieram à despedida. Havia frequentadores da livraria, incluindo Sabu-san, o dono da Subôru, Takano, Nakazono-san e seus amigos do pequeno restaurante, e as senhoras da pousada da montanha onde Momoko trabalhara... E, naturalmente, Wada e Tomo. As senhoras da pousada e Tomo foram as primeiras a chegar e nos auxiliaram com os preparativos antes do velório — ajudaram muito a mim e à minha mãe.

Ao ver todo aquele pessoal, senti uma felicidade no fundo do meu coração por saber o quanto a minha tia era amada e considerada, e todos nós sentíamos o mesmo em relação a fazer aquela despedida com alegria. Momoko foi forte até o fim e tinha um sorriso tão brilhante quanto uma flor. Seria errado fazer uma despedida em uma atmosfera sombria. Todos nós compartilhávamos do mesmo sentimento.

Então, no velório, nos reunimos ao redor do caixão da Momoko e rimos como sempre. Sabu-san, que ficou totalmente embriagado, disse que havia prometido à minha tia antes de ela morrer que um dia cantaria para ela sua especialidade, o *rôkyoku*, um gênero de histórias cantadas — então ele apresentou uma canção por mais de trinta minutos. No fim, a esposa o repreendeu seriamente, dizendo que não envergonhasse a falecida. Uma mulher, parente distante da minha tia, franziu o cenho para nós, como se dissesse que não era apropriado que estivéssemos tão animados, mas aquilo foi um terrível mal-entendido. A tristeza estava ali, bem presente. Só que nós queríamos expressá-la de uma forma que deixasse a Momoko contente.

Foi um belo velório, daqueles que permaneceriam na memória. Eu estava convencida de que Momoko também estava feliz. De fato, a expressão da minha tia no caixão era serena.

— A Momoko está com uma boa aparência.

— É mesmo, parece até que está se divertindo com a gente.

— Com certeza.

Nós falávamos aquelas coisas sobre Momoko, mas naquele momento eu tinha outra preocupação: o tio Satoru. Meu tio quase não abriu a boca durante o velório. Ele sequer tocara na comida ou na bebida. Fazia uma reverência educada a todos que chegavam e agradecia repetidamente a cada um em um tom sério. Mesmo quando Momoko estava sendo cremada, ele apenas olhava para o céu enquanto Sabu-san, o dono do restaurante e os outros presentes choravam. Tinha o olhar distante, voltado para o céu, como se estivesse tentando ver toda a extensão dele.

Mesmo que o meu tio tivesse chorado ou ficado perturbado, estávamos preparados para apoiá-lo carinhosamente. Para ser sincera, eu até esperava que ele nos procurasse para aliviar a tristeza. Queríamos que ele ficasse triste conosco e, se possível, aceitasse as nossas palavras de conforto. Entretanto, o meu tio não permitia que ninguém o visse como fraco, de forma alguma. Ele esteve ao lado da Momoko nos últimos momentos dela. Não sei como ele estava, o que pensou ou o que disse a ela nos últimos minutos, mas, pelo menos no velório, tive a impressão de que ele evitava expressar o que sentia, como Momoko havia previsto e temido.

§

Alguns dias depois, o tio Satoru me disse:

— Pretendo deixar a loja fechada por um tempo.

Fiquei preocupada, mas sabia que aquilo aconteceria. Havia pressentido que o meu tio diria algo assim. Naquele dia, passei na livraria Morisaki depois do trabalho. A porta da loja estava fechada, apesar de ainda ser horário de funcionamento. Preocupada, peguei o celular e liguei para a casa dele e, após uma longa espera, o meu tio finalmente atendeu com uma voz muito cansada:

— Decidi descansar.

Fiquei perplexa, mas parte de mim já esperava por isso. Tive um leve pressentimento de que o meu tio poderia dizer algo assim em um futuro próximo.

— Você está com dor? — perguntei.

— Não, não é nada disso. — Ele parecia apático do outro lado do telefone.

— Está se alimentando bem? Quer que eu vá aí e cozinhe alguma coisa?

— Não, estou bem. Só estou um pouco cansado. Tchau.

Ele desligou logo depois.

A exaustão do meu tio no último mês fora tão perceptível que concordei com a ideia de ele descansar. Eu queria que ele recuperasse as energias e voltasse para a loja quando se sentisse melhor. Foi o que pensei que aconteceria. Era óbvio que seria melhor para ele. Pensei que o descanso seria de apenas alguns dias ou, no máximo, uma semana. No entanto, a porta da livraria Morisaki permaneceu fechada por um período muito maior. Havia uma folha branca com os dizeres "Fechado por tempo indeterminado" escritos à mão pendurada de forma desleixada no meio da porta, danificada pelo vento e pela chuva.

— Quando será que Satoru vai abrir a loja? — Sabu-san, que costumava ir à loja todos os dias, parecia ter perdido o rumo e estar triste. — Eu entendo como o seu tio se sente, mas quero que ele abra a loja novamente. Nós, os clientes habituais, o ajudaremos, mesmo que não seja o suficiente. Se Satoru não estiver na loja, não poderemos animá-lo. Se tiver a chance de encontrá-lo, diga isso a ele. — Sabu-san me telefonou e me pediu para passar o recado. E ele estava certo. Havia pessoas esperando a reabertura da loja. Meu tio devia muito bem saber disso...

§

A loja continuou fechada, e a situação permaneceu assim por quase um mês. Ao que parecia, ele havia ficado confinado em casa naquele período. E pensar que, antes da morte da Momoko, ele estava tão determinado a manter a loja aberta em quaisquer circunstâncias... Talvez naquela época ele exigisse demais de si mesmo, ou talvez encontrasse na livraria sua válvula de escape.

Decidi visitar o meu tio em Kunitachi para ver como ele estava. Comprei alguns ingredientes no meio do caminho para fazer algo para ele comer, porque, ao telefone, ele disse que estava se alimentando direito, mas sua voz dava uma impressão completamente diferente. Passei em um grande supermercado em frente à estação, onde Momoko e eu havíamos ido juntas algumas vezes.

Minha tia gostava muito daquele supermercado porque, durante as ofertas especiais, os preços eram consideravelmente mais baixos do que nos demais. Quando íamos juntas, ela apoiava todo o peso do corpo no carrinho e deslizava agilmente pelos corredores, me fazendo rir. Mesmo depois de ela ter morrido, aquelas lembranças bobas voltavam de repente na memória. Toda vez que eu me lembrava delas, sentia como se um abismo se abrisse no meu coração. Uma sensação de perda que se sente quando alguém importante nos deixa. Ainda me sentia assim em vários lugares e de várias formas.

Depois de fazer compras, caminhei por uma rua residencial, carregando uma sacola de supermercado em cada mão, rumo à casa do meu tio. Várias libélulas voavam no céu avermelhado ao pôr do sol. Uma delas se aproximou de mim e fingiu se empoleirar no meu ombro antes de voar novamente. Quase chorei enquanto caminhava e então fui apertando cada vez mais o passo para chegar logo à casa do meu tio.

Eu tinha avisado ao meu tio que estaria lá à noite, mas, quando toquei a campainha, não houve resposta. A porta estava destrancada. Entrei por conta própria e, da escada, chamei o meu tio. Recebi apenas um "olá" vindo do quarto dele no andar de cima. Primeiramente, fui até o *butsudan*, altar budista, da Momoko e juntei as mãos em reverência. No *butsudan* havia a foto da Momoko sorrindo com a livraria Morisaki de fundo, tirada por um cliente, que também era um entusiasta de câmeras, cerca de seis meses atrás. Era uma bela fotografia, capaz de deixar feliz quem a olhava.

Em seguida, subi as escadas, bati à porta do quarto do meu tio e a abri. O sol já havia começado a se pôr, mas tio Satoru ainda estava usando uma blusa de moletom e dormindo sob o futon. Os cabelos estavam bagunçados, e a barba por fazer, o que o deixava parecendo um ladrão de desenho animado. Estava tão desleixado que o chamei como se pudesse despertá-lo.

— Tio!

Ele me olhou de soslaio e me cumprimentou, dizendo "Oi" com a voz fraca. Por todo o quarto havia sacos de salgadinhos e embalagens de comida da loja de conveniência espalhados.

— O que está fazendo?

— Estava dormindo. — Ele esticou as mãos para fora do futon e fez um sinal de "V" com as duas mãos.

— Que sinal de paz é esse?!

Quando puxei os cobertores de cima dele com força, o meu tio se enrolou como um tatu-bola. Ignorando seu gesto, abri as cortinas, que ainda estavam fechadas.

— Não faça isso! A luz vai me transformar em cinzas.

— Idiota.

Quando dei por mim, eu estava com a voz embargada, como se estivesse prestes a chorar. Não sei como aconteceu, mas acabei ficando desarmada. Estava aliviada pelo fato de o meu tio estar vivo, de ele continuar existindo. Não que eu estivesse pensando que ele partiria logo depois da Momoko. Mas, recentemente, tio Satoru andava carregando tudo nos ombros sozinho, e era impossível não sentir que ele estava muito distante. Por isso, fiquei feliz em encontrá-lo, mesmo que fosse naquelas condições.

— Desculpe, Takako-chan.

Meu tio, talvez percebendo os meus sentimentos, sentou-se envergonhado sobre o futon, colocou os óculos com as lentes sujíssimas e olhou para mim como se estivesse me espiando.

— Tudo bem. Vou preparar o jantar. Vamos comer juntos? Você não deve estar comendo direito, né?

— Ah, obrigado — concordou ele sem hesitar.

Fui para a cozinha e preparei curry, o prato favorito dele. Obviamente, segui o que ele preferia e fiz um curry suave, na versão sem pimenta. A cozinha não parecia ser usada havia muito tempo, pois estava extremamente limpa. Levei os pratos de curry, salada e sopa de ovo para a sala e chamei o meu tio. Sugeri que ele lavasse o rosto e fizesse a barba antes de comer. Sem mostrar resistência, ele se dirigiu ao banheiro. Também disse a ele que trocasse de roupa, pois o moletom estava muito sujo. Então ele subiu para o andar de cima e vestiu outro moletom, apesar da cor e do formato serem iguais. Entretanto, quando o vi entrar na sala, gritei. Sua boca estava manchada de sangue.

— Ah, o que foi? — perguntou o meu tio, boquiaberto. E, do jeito como estava, foi se aproximando de mim. Gritei:

— Sangue! Sangue!

— Ah, eu não fazia a barba há tanto tempo que devo ter me cortado — disse ele despreocupadamente, e limpou a boca com um lenço de papel. — Ah! Que desastre! — soltou uma voz esquisita ao ver o lenço manchado de sangue.

— Que coisa esquisita esse "Ah". Você deveria se barbear olhando no espelho.

— Mas eu não quero me ver com uma aparência horrível.

Pelo jeito, ele estava ciente de que estava com uma aparência péssima. A questão era que ele era imprevisível, e eu não podia me dar ao luxo de me distrair.

Enfim nos sentamos à mesa. Meu tio me parecia esquivo e tinha o rosto inexpressivo, apenas levando mecanicamente o curry à boca. Não parecia um jantar. Ainda assim, devia ser muito melhor do que não comer nada.

— Todos estão preocupados com você, inclusive o Sabu-san. — Enquanto comíamos o curry, que era doce demais para mim, dei o recado do Sabu-san e das demais pessoas para ele.

— Sinto muito por isso.

— Eles estão esperando por você.

— Ah, sim.

— Vamos até a loja algum dia? Eu te ajudo.

— Certo, vou pensar nisso.

Meu tio continuou falando sem emoção. Em seguida, largou a colher, dizendo:

— Estou satisfeito.

Ele não havia comido nem metade do prato. Ainda estava bastante fraco, mas aquilo não podia continuar assim, pois eu havia feito uma promessa a Momoko de que ajudaria tio Satoru a seguir em frente. Só que não tinha a menor ideia de como colocar esse propósito em prática. Tudo que estava ao meu alcance era cozinhar, lavar roupa e conversar com ele. Se ao menos ele abrisse a loja, eu poderia ajudá-lo de outras maneiras.

— Ei, tio — chamei-o com receio e preocupação.

— Sim?

— Você não vai me dizer que vai fechar a loja definitivamente, vai? É óbvio que eu acho muito importante descansar. Você está apenas fazendo uma pausa agora, né?

Ele ergueu a cabeça, como se estivesse espantado com as minhas palavras, mas seus olhos se mostraram imediatamente desesperançados, e ele abaixou a cabeça.

— Não sei...

— Mas, tio...

— Eu realmente não sei. Não é que eu não queira mais administrar a loja. Sei muito bem que tenho clientes esperando por mim, mas estou sofrendo muito. Momoko e eu abrimos a loja juntos. Eu conseguia tocar o negócio mesmo na ausência da Momoko porque ela ainda estava viva, mesmo sob o céu distante. Era uma maneira de garantir um lugar para onde ela pudesse voltar quando se sentisse cansada ou ferida, ou algo assim. É isso.

A expressão do meu tio acabou endurecendo novamente, e, às vezes, o rosto dele ficava retorcido, como se estivesse sentindo dor. Então ele continuou a falar:

— Mas agora é muito doloroso estar na livraria. Existem lembranças demais lá. As lembranças me dizem nitidamente que Momoko está morta. Não quero mais avançar no tempo. Se fizer isso, Momoko se afastará cada vez mais de mim.

Meu tio olhava o relógio de parede no canto da sala, atrás de mim, que funcionava desde a época do meu avô e ainda marcava as horas com precisão. Tio Satoru parecia até querer parar os ponteiros daquele relógio, mas eu não podia permitir que ele fizesse uma coisa dessas. Então resolvi falar suavemente:

— Sei como você se sente, tio. Acho que te entendo, mesmo que apenas um pouco. Eu também adorava a Momoko. No entanto, o seu comportamento é errado, e você sabe disso, não sabe? Nós estamos vivos, e o tempo não para. Então não importa o quanto seus pés estejam pesados, você precisa continuar caminhando. — Senti um aperto no coração, mas continuei a falar: — Mesmo que isso signifique deixar para trás aqueles que já se foram.

— Takako...

Mesmo que eu tentasse olhar diretamente para o meu tio enquanto falava, ele imediatamente desviava o olhar. Ignorando-o, continuei:

— Você não compreende, tio Você me ensinou tantas coisas, sempre teve as palavras certas para mim. Estou tentando encontrar a melhor forma de expressar o que sinto. Você me ensinou a importância de lidar com as pessoas através das palavras.

Eu não sabia se tio Satoru me ouvia ou não, pois ele mantinha os olhos baixos, mas, no fim, murmurou num tom de voz sombrio, como se tivesse desistido de tudo:

— Você tem razão, eu não compreendo nada. Mas tanto faz...

§

Mesmo depois daquele dia, a livraria Morisaki continuou fechada.

Tudo o que eu podia fazer era manter a loja limpa. Se os livros usados fossem deixados em uma sala fechada sem ventilação por muito tempo, mofariam e não poderiam mais ser vendidos. Eu queria ter certeza de que, quando o meu tio decidisse reabrir a loja, tudo estivesse em ordem para que ela fosse aberta de imediato. Certamente Momoko também teria desejado o mesmo.

Depois do trabalho, passei pela livraria e entrei pela porta de serviço, usando a chave que havia recebido na época em que morei ali. O ar estava pesado e estagnado, e o cheiro de mofo tomava conta do lugar. Na escuridão, procurei o interruptor e o liguei. As lâmpadas fluorescentes piscaram repetidamente e depois, de repente, a loja se iluminou. A poeira me fez espirrar, e o som ecoou em todos os cantos.

Primeiro, abri todas as janelas para arejar o ambiente. Em seguida, varri o chão por um longo tempo e limpei com um pano a poeira das frestas entre o piso e as prateleiras. A loja, iluminada por uma luz que era mais branca do que o necessário, estava terrivelmente vazia, como um armazém subterrâneo. Só de estar na sala, um sentimento de solidão parecia preencher o meu coração. A almofada, o Jirô, também parecia triste porque seu dono não estava dando a devida atenção para ela já havia muito tempo. O lugar, tão amado pelo meu tio e querido por tantas pessoas, agora estava abandonado, e ninguém o usava... Meu coração doeu.

Subi as escadas e reguei as plantas que Momoko havia colocado perto da janela. Elas não tinham recebido água por vários dias e estavam todas murchas e dobradas como se estivessem mal-humoradas. Eu as reguei com bastante água, uma a uma, murmurando "Desculpa" para elas.

Saí da loja pouco depois das nove da noite. O ar estava seco, e o vento, extremamente frio. Encolhi os ombros. Fiquei surpresa ao perceber que a minha respiração saía como uma fumaça branca de vapor na escuridão.

O inverno estava voltando. As pessoas partiam, mas as estações continuavam indo e vindo. Não importava quantas vezes. Algo tão comum agora pareceu-me terrivelmente injusto.

— Eu vou voltar — murmurei, olhando para a livraria, e fui embora.

§

— Você está se saindo bem.

Wada me consolou ao telefone. Eu também andava muito deprimida ultimamente. Sentia-me incomodada por isso, mas sempre desfrutava da bondade do Wada.

— Mas as minhas palavras não estão chegando até o meu tio, e estou apreensiva... — Como poderia fazê-lo seguir em frente como a Momoko desejava?

— É natural. Ele perdeu a pessoa que mais amava. Sei que não é uma coisa bonita de se dizer, mas, se eu não pudesse ver você novamente, acho que desmoronaria.

Ouvir aquilo do Wada também me fez imaginar a situação oposta. Embora tenha sido apenas por um momento, senti como se tivesse mergulhado num breu total. Sim, eu estava muito triste com a perda da Momoko, mas devia ser incomparável à tristeza do meu tio. Eu me arrependi de ter dito naquele dia na casa dele que conseguia entender um pouco os sentimentos dele. Para tio Satoru, Momoko era como Kazue para Oda Sakunosuke.

— Aquela livraria também deve ser uma representação para o meu tio dos dias que ele passou com a Momoko, não é mesmo?

A livraria Morisaki estava repleta de memórias. Eu me lembrava do meu tio dizendo isso. Memórias de vinte anos, de alegrias e tristezas, todas empilhadas em um único lugar.

Wada, então, disse:

— Talvez ele ainda não consiga aceitar que esses anos agora existem apenas em sua memória. Mas um dia, tenho certeza, ele vai perceber que é justamente por estar repleta de lembranças como essa que a livraria é um lugar tão importante. Até lá, Takako, acho que pode confiar no seu tio e esperar.

— Sim, acho que não tem outro jeito.

Depois dessa conversa, em intervalos de alguns dias, eu arranjava tempo para ir à livraria. Tudo o que eu fazia na loja era deixar o ar ventilar, limpar e verificar se os livros tinham mofado. Mesmo que fosse pouco o que eu fazia, a loja estaria pronta para ser aberta a qualquer momento. Depois de algumas noites indo à livraria, Tomo decidiu me acompanhar. Para dizer a verdade, quando eu ficava sozinha na livraria à noite, lembrava-me de muitas coisas e às vezes ficava triste. Por isso, sua companhia foi realmente providencial.

Com duas pessoas, a limpeza foi bem mais rápida e acabamos em menos de meia hora. Tomo estava muito entusiasmada e sugeriu também limpar os livros depositados no andar de cima, mas recusei a oferta e a convenci a fazer aquilo em outra ocasião, pois não conseguiríamos pegar o último trem se fizéssemos tudo no mesmo dia.

— A propósito, você tem me ajudado muito recentemente, inclusive no velório da Momoko. Sou muito grata por tudo isso.

Era uma boa oportunidade para reiterar o meu agradecimento. Mesmo assim, Tomo, modesta como sempre, dizia que não havia feito quase nada.

— Mas eu causei muitos problemas a você.

Quando tentei persistentemente expressar a minha gratidão, Tomo disse de repente:

— Quando eu voltar para a casa dos meus pais no fim do ano, pretendo encontrar o rapaz que namorava minha irmã.

— O quê? Sério?

— Sim. Vou me desculpar com ele por tê-lo evitado mesmo sabendo que ele estava preocupado comigo. Sinto que preciso dar um passo atrás para poder olhar um pouco para a frente.

— Parece uma ótima ideia — concordei do fundo do meu coração. Estava contente pelo que Tomo decidira.

— Foi graças a você e ao Takano que passei a pensar assim

Quando Tomo disse aquilo, interrompi:

— Não, não, eu não fiz nada.

Ela deu uma risadinha.

— Você também responde assim, né? É algo mútuo então. Não faço as coisas esperando gratidão. Você também age assim. É isso.

§

Era início de dezembro quando as primeiras luzes de decoração passaram a ser vistas pela cidade.

Naquela noite também eu passei na livraria Morisaki para deixar correr um vento e limpar a loja, como já era de costume. Eu havia terminado as minhas tarefas habituais e estava pronta para ir embora, mas não estava com vontade de sair da loja. Não queria sair dali. Queria ficar um pouco mais na livraria. Então me sentei na cadeira habitual ao balcão, sem nenhum motivo específico. Mesmo com o aquecedor ligado, o interior da loja estava tão frio quanto o lado de fora, porque eu havia fechado as janelas fazia pouco tempo. Não via a hora de a sala esquentar. Pensava nisso enquanto esfregava as mãos uma na outra.

Quando olhei para o relógio na parede, eram quase dez da noite. Senti que deveria voltar para casa logo, mas, apesar da pressa, o meu corpo não se movia. Um grupo animado de pessoas passou do lado de fora, provavelmente voltando de uma festa de fim de ano.

De repente, os meus olhos recaíram sobre o livro de registro guardado em uma caixa de materiais de escritório sob o balcão.

O livro de registro da loja não continha muitos dados. Havia apenas o nome dos livros vendidos e o valor. O livro encadernado em couro que o meu tio costumava utilizar, porém, era mais grosso e já estava desgastado pelo uso. Aquele livro de registro que encontrei era mais fino e ainda relativamente novo. Fiquei me perguntando o que seria aquele livro escondido ali, então o peguei no fundo da gaveta.

— Ah…!

Quando o abri, não contive a exclamação: cada página estava preenchida com algo escrito em letras saltitantes pela Momoko. Poderia ser chamado mais de um simples memorando do que um diário, e nele havia anotações de datas, do clima e do que aconteceu na livraria. Começava um pouco depois que Momoko retornara de repente para casa e passara a morar no andar de cima da loja:

"Satoru: hoje vendeu livros e está de bom humor."

"Kurata reservou o livro do Ôgai que estava procurando."

"Não esquecer de organizar o expositor!"

"Até meio-dia a loja não teve movimento nenhum por causa da chuva. Que tristeza."

"Será impressão minha que Takako está sem ânimo hoje? Estou preocupada."

Depois de ler as primeiras páginas, fechei o livro de registro com um estalo. Uma parte dos pensamentos da Momoko ainda estava ali. Os dias que a minha tia passara comigo e com o meu tio estavam registrados bem ali naquele livro. Não era uma obra-prima que seria lida por gerações nem um texto deixado por um grande escritor, mas era muito importante para nós.

Eu precisava que o meu tio o lesse imediatamente. Quando estava prestes a me levantar da cadeira, a porta de serviço se abriu repentinamente com um estrondo, e dei um pulo. Deparei-me com o meu tio parado na porta, não sabia como, respirando pesadamente. Por alguma razão, ele parecia surpreso. Assim que me reconheceu, a expressão dele mudou imediatamente para a de desapontamento.

— Ah, é você, Takako-chan... — murmurou meu tio, rindo sem forças. Eu estava andando por aqui e vi a luz da livraria acesa, então eu...

O que tinha pensado estava visível na expressão facial dele, dispensando explicações. Meu tio havia tido a ilusão de que Momoko estava ali, mesmo sabendo que era um pensamento completamente irracional. Eu também estava muito espantada com a aparição repentina dele, a ponto de perder a voz.

— Takako...?

Meu tio me olhou, intrigado. Poderia existir uma coincidência como aquela? Eu só conseguia pensar que alguma força estava agindo, que algo misterioso havia acontecido, algo que não podia ser expresso em palavras, pois, no momento em que descobri o livro de registro da Momoko e resolvi mostrá-lo ao meu tio, ele apareceu.

— A Momoko estava preenchendo este livro de registro.

— A Momoko? — Meu tio, atônito, ficou olhando por um bom tempo para o livro que eu estava segurando. Depois, estendeu a mão lentamente.

— Posso me sentar?

Ele se sentou em cima do Jirô e virou vagarosamente as páginas do livro. Então leu cada frase e perguntou, com um sorriso:

— Quando será que ela começou a anotar essas coisas?

— Não faço ideia, mas é típico dela.

Finalmente o sistema de calefação se mostrou eficaz e aqueceu o ambiente. Meu tio estava absorto no livro e continuava virando as páginas sem parar. O único som que se ouvia era o do farfalhar do papel. Quando eu estava prestes a subir a escada para pegar um bule e xícaras para servir o chá, o meu tio soltou de repente um breve "ah!".

— O que foi?

Espiei o livro, estranhando a reação dele, e também não contive uma exclamação. Na última página havia um longo texto que começava com as palavras "Caro Satoru". A data era de dois dias antes de a Momoko cair desmaiada e ser levada ao hospital de ambulância.

— Isso é...?

Quando comecei a falar, o meu tio assentiu em silêncio, olhando para o livro de registro. Sua mão tremia levemente.

— Ah, você quer que eu saia um pouco?

— Não, não precisa, quero que fique aqui.

— Está bem. — Assenti e fiquei em silêncio.

Então o meu tio foi lendo o texto vagarosamente e, depois, ficou olhando para o teto também por um longo tempo. Em seguida, endireitou-se na cadeira e leu novamente, ainda mais devagar. Naquele meio-tempo, fiquei olhando o interior da loja e andando pelos corredores, quando, de repente, o meu tio silenciosamente me entregou o livro, o que me surpreendeu.

— Ah, não, eu não preciso ver.

— Está tudo bem, quero que você leia também.

Ele me olhou nos olhos e me estendeu o livro de registro, como se estivesse me pedindo para lê-lo de uma vez. Depois de hesitar um pouco, decidi pegá-lo.

Caro Satoru,

Quando será que você vai encontrar isto? Se já estiver completamente recuperado, não se preocupe em ler. Nesse caso, jogue fora.

Pensei em deixar um testamento, mas, se fizesse isso, provavelmente você o leria muito rápido. Achei que não faria sentido, então decidi deixá-lo escrito desta forma. Por favor, leia-o como se fosse um substituto do testamento.

Infelizmente, acabei não podendo viver mais tempo do que você. Acho que também foi um sinal de que isso é um destino. Portanto, sinto muito, mas vou pedir licença para ir primeiro.

Você não tem ideia de como me pesa deixar um chorão como você sozinho. Quando você me pediu em casamento, chorou ao dizer: "Você pode não precisar de mim, mas eu preciso de você". Naquela época eu ri e disse: "Você é muito chato", mas a verdade é que eu estava muito contente. Mesmo que eu tenha dado a volta ao mundo, certamente você seria a única pessoa que poderia ter me ofertado palavras tão doces e maravilhosas. E também, se não fosse por você, eu não teria conseguido.

Desde então, compartilhamos muitos momentos juntos, alguns felizes, outros nem tanto, não é mesmo? E eu te dei muito trabalho. Mas, toda vez que eu ia embora, você estava pronto para me receber de novo. Você sempre me disse para voltar. Você é uma pessoa tão gentil que às vezes não sei como lidar. Você foi gentil e não me abandonou até o fim. Você não desistiu de mim.

Decidi que, de agora em diante, sempre direi "Obrigada" a você uma vez por dia, todos os dias, até o dia da minha morte. Mesmo assim, acho que isso não será suficiente para agradecer tudo o que fez por mim até agora. Bem, eu ficaria feliz se, com estas palavras, conseguisse transmitir pelo menos um pouco do meu agradecimento a você.

Humm, o que estou escrevendo está se tornando cada vez mais incoerente. Escrever "incoerente" assim está correto? Se eu estiver errada, por favor, não fique me criticando.

De qualquer forma, saiba que meu desejo é que você se lembre de mim com alegria, e não com tristeza, porque tenho uma memória encantadora do tempo que passamos juntos. E quero que saiba o quanto eu ficaria infeliz se a expressão triste que eu via no hospital passasse a fazer parte da sua rotina. Quero que você sorria. Eu gosto do seu sorriso.

Existem muitas pessoas ao seu redor que apoiam você. Lembre-se disso e procure a ajuda delas. Vou pedir um pequeno favor a uma delas em quem confio mais e que eu mais amo.

E uma última coisa:

Por favor, continue cuidando da livraria Morisaki. Na livraria está a prova tangível de que você e eu estivemos juntos. Sei o quanto você ama esta loja, e eu também adoro este lugar. Se eu pudesse, adoraria ver você trabalhando aqui por um bom tempo ainda. Afinal de contas, você brilha mais quando está aqui. É óbvio que este pedido é apenas o meu egoísmo falando. Então, vou apenas esperar que nossos caminhos e os da livraria Morisaki não se separem tão cedo. Por favor, Satoru, continue protegendo esta loja, que está repleta das nossas memórias e das memórias de muitas outras pessoas.

Momoko Morisaki

Ela deveria ter me falado sobre essa mensagem no livro de registro. Se havia um truque escondido na manga, ela deveria ter me contado. Não sei se ela estava prevendo o fechamento da loja pelo meu tio ou se fez por precaução, mas, de qualquer forma, aquele texto transbordava de amor pelo meu tio e pela livraria Morisaki. Os sentimentos da Momoko estavam por todas aquelas palavras. Ela também tinha se referido a mim como a pessoa "que eu mais amo"...

— Imagino que você já sabia de tudo isso — disse o meu tio com um sorriso forçado quando lhe devolvi o livro de registro. — O que ela pediu para você fazer? Não foi nada incômodo, não é?

— Não se preocupe, tio. — Quando eu disse aquilo, ele arregalou os olhos com uma cara engraçada, e então riu e perguntou:

— Como assim?

— Momoko estava dizendo para você "se permitir sofrer, mas depois seguir em frente".

— Não, Takako, na verdade, eu...

Não me importei com o que o meu tio tentou responder e continuei:

— Não posso fazer nada por você, tio. Mas posso pelo menos chorar com você. Portanto, não fique mais tão triste sozinho.

Meu tio olhava atentamente para o livro de registro que tinha nas mãos como se estivesse resistindo a algo. Ele ficou assim por um longo tempo. Então, de repente, a boca tremeu levemente, e ele soltou um grito semelhante ao rosnado de uma fera. Ele continuou a gritar, como se antes estivesse sufocado por aquele ar que saía de sua boca. Caminhei até ficar ao lado do meu tio e acariciei as costas dele, que estavam magérrimas. Ao vê-lo assim, não consegui mais conter minhas lágrimas.

— Toda vez que eu ia ao quarto do hospital, ela me agradecia. Eu dizia que parasse porque eu ficava nervoso, mas ela continuava... Até o fim...

Choramos. Gritamos e choramos intensamente. Meu tio desmoronou no chão, cobrindo o rosto com as mãos, e eu continuei a acariciar as costas dele, sem me importar que as minhas lágrimas pingassem no chão. Nossos soluços ecoavam pela livraria vazia. Nossa voz percorria todas as superfícies, fazendo o ar vibrar. Era como se a loja inteira estivesse chorando a morte da Momoko.

Continuamos chorando por um longo tempo e, por mais que chorássemos, as nossas lágrimas nunca secavam. As vozes ecoavam sem fim pela loja. A noite foi longa e profunda, envolvendo gentilmente a nós e a livraria Morisaki.

§

Na noite seguinte, surpreendentemente, foi Wada quem me disse que a livraria Morisaki estava novamente de portas abertas.

— Tenho uma boa notícia: saí cedo do trabalho hoje, então passei pela rua das livrarias e vi a luz da livraria Morisaki acesa! — Wada estava eufórico, diferentemente dos outros dias, e falou tudo aquilo de um fôlego só.

— Ah, entendi. — Suspirei aliviada ao ouvir aquelas palavras. Eu ainda estava no trabalho àquela hora, então atendi à ligação no corredor do escritório.

— Ué, você não parece ter ficado feliz. Você já sabia disso pelo seu tio ou pelo Sabu-san?

— Não, mas achei que agora as coisas já estariam se resolvendo. Obrigada por me avisar, Akira.

No dia seguinte ele já havia aberto a loja, uma reviravolta da noite para o dia. Era bem o jeito do tio Satoru. E pensar que fiquei com vergonha de ir trabalhar por causa do rosto inchado de tanto chorar.

— Entendi. De qualquer forma, foi muito bom. Eu também fiquei muito feliz e emocionado, como se fosse o dono da livraria. Além disso, quando entrei na loja, seu tio me serviu chá e me agradeceu por ter ido ao velório.

— Ah, é mesmo?

— Então eu disse a ele que estava escrevendo um romance que se passava naquela livraria, e ele me disse para deixá-lo ler quando estiver pronto. E também disse que, se o texto for sem graça, vai ser sincero e dizer que está ruim.

— O quê? Que deselegante — falei, boquiaberta.

— Pelo contrário, eu fiquei feliz. Muito feliz. Bem, de qualquer forma, sinto que as coisas estão se ajeitando.

— É mesmo.

O que acontecera no dia anterior fora como um sonho. De repente, eu havia notado a existência do livro de registro, e o meu tio aparecera lá...

Será que aquilo foi um plano da Momoko, por se preocupar com o meu tio? Talvez ela estivesse preocupada que o tio não conseguisse superar a dor. Esses pensamentos me ocorreram, mas decidi não ir além. Mesmo que eu insistisse, não chegaria a uma resposta. O importante era que seguíssemos em frente. Só isso.

— Akira, depois que eu sair do trabalho, posso passar aí?

— Claro, mas acho que a essa hora seu tio já terá ido embora.

— Verdade...

— Então, que tal nos encontrarmos na Subôru?

— Certo.

— Combinado.

Do lado de fora já estava completamente escuro, e a lua, com sua grandeza ligeiramente lascada na borda, irradiava um brilho ofuscante.

16

Quando eu estava de folga, aproveitava para caminhar tranquilamente pelas ruas por onde costumava passar nos dias de trabalho. Era uma tarde ensolarada de fevereiro, mas ainda fazia frio. O céu estava azul-claro, com nuvens em tons pastel flutuando no céu, como se tivessem sido pintadas com aquarela. As luvas que Momoko fez para mim esquentavam minhas mãos.

Como sempre, a rua das livrarias estava envolta por uma atmosfera tranquila. Os passos das pessoas que iam e vinham pareciam calmos. Desci uma rua ladeada por prédios baixos e depois entrei em uma rua lateral. Então, como esperava, ouvi uma voz gritando o meu nome:

— Takako-chaaan!

Envergonhada, apressei o passo e me aproximei do dono da voz para protestar:

— Eu já falei para você não gritar o meu nome na rua.

— Por que não?

— Porque fico com vergonha.

Não importava quantas vezes eu falasse, o meu tio sempre agia daquele jeito e me deixava constrangida. Mas, quando eu ouvia a voz dele, também me sentia um pouco tranquila. Havia um lugar para mim ali. Havia um lugar que me acolhia. Era assim que eu me sentia.

— Como você está? — perguntou ele com um grande sorriso.

— Estou bem.

— Que bom. Você deve estar com frio. Vou preparar um chá para você.

— Obrigada.

Desde então, a livraria Morisaki continuou funcionando normalmente. Todos os dias, da manhã à noite, como antes. Pouco depois da reabertura, o meu tio ainda estava muito abatido e temia que, depois de mantê-la fechada por mais de um mês, as receitas demorassem a chegar, mas, mesmo assim, conseguiu se reerguer rapidamente. A reabertura se tornou uma espécie de evento, e, assim que a notícia se espalhou entre os clientes habituais, começamos a vê-los todos os dias em procissão, liderados pelo Sabu-san. Então a primeira tarefa do meu tio foi pedir desculpas a todos eles. Embora todos estivessem felizes e ninguém o culpasse.

Meu tio, que foi recebido calorosamente por um grande grupo de clientes regulares, parecia genuinamente feliz. A expressão no rosto dele mostrava que eu não precisava me preocupar mais com ele. Eu sabia que ele ainda não havia superado a morte da Momoko, e provavelmente nunca se recuperaria por completo daquela dor. Entretanto, o meu tio decidiu seguir em frente, retomar o seu caminho, levando em consideração a dor que sentia e tudo o mais.

As coisas também haviam mudado um pouco para mim. Wada e eu iríamos nos casar em breve. Já havíamos nos apresentado aos nossos pais e agora estávamos procurando um lugar para morarmos juntos. Na verdade, o motivo da minha visita à livraria hoje era para dar essa notícia. No entanto, o meu tio continuava tão hostil com o Wada quanto sempre fora, e, quando mencionei o nome "Wada" em tom casual, ele de repente começou a falar com uma voz séria sobre algum assunto a respeito do setor de livros usados sofrer mudanças no futuro com o aumento dos e-books e o declínio do setor editorial, deixando-nos perplexos.

Se a Momoko estivesse aqui, tenho certeza de que ela diria "Ah, meu Deus, estou tão cansada de ouvir esse tipo de coisa dele". Tive a sensação de que a Momoko se encontrava sentada ao meu lado e que estávamos até tomando chá juntas.

— É o jeito dele, né? — Sorri ironicamente para a Momoko imaginária que deveria estar ao meu lado. O meu tio perguntou, boquiaberto:

— O quê?

— Nada. Nadinha. — Ri e disfarcei. — Ei, tio, você se lembra da última vez que fomos a um festival de verão juntos?

— Festival de verão?

— Sim, quando eu era criança, fomos a um festival, não fomos?

— Ah, sim, é verdade. Ouvimos a música do festival ao longe, e isso despertou em você uma enorme vontade de ir.

— É, foi assim mesmo. Depois fomos à loja de conveniência e voltamos para casa tomando sorvete.

— Isso! Mas essa parte foi triste... ficamos desapontados. — Meu tio riu baixinho, como se estivesse se lembrando do passado. — Mas por que você se lembrou disso agora?

— Quando Momoko me pediu para contar uma história lá no quarto do hospital, falei a ela sobre aquela noite.

— Ah, sim.

— Momoko disse que gostaria de ter estado lá também.

— Entendo.

— Eu me lembro bem daquele dia.

— É mesmo?

— Sim, lembro perfeitamente.

Nós dois tomamos nosso chá ao mesmo tempo. Eu me lembrei da expressão no rosto da Momoko naquele dia. Meu tio, por sua vez, deu um leve sorriso, provavelmente por também ter se lembrado de algo.

De repente, a porta se abriu com um som tímido e dissipou a nossa melancolia. Nós dois nos viramos e soltei uma pequena exclamação. Era aquele frequentador misterioso, o Velhinho das Sacolas de Papel, mostrando o rosto pela fresta da porta. Havia se passado muito tempo desde a última visita dele. O velhinho entrou na loja com umas sacolas de papel cheias de livros e a mesma expressão de sempre. Acabei analisando em detalhes a figura dele: seu suéter não era mais aquele de estilo rústico que ele costumava usar! A cor era a mesma de antes, um tom de cinza, mas agora havia um desenho bastante extravagante, com uma enorme cabeça de alce tricotada na frente. Além disso, era novinho em folha.

Mais surpreendente ainda foi quando ele vasculhou as prateleiras, trouxe alguns livros para o caixa e falou:

— Ora, veja só. A livraria está funcionando normalmente! — disse ele ao meu tio. Ele nunca havia aberto a boca antes, independentemente do que estivesse acontecendo.

— Ah, me desculpe. Eu precisei de um tempo para descansar um pouco. — Meu tio se mostrou um pouco surpreso, mas logo coçou a cabeça e se justificou.

— Pensei que tivesse fechado as portas.

Sem esperar pela resposta do meu tio, o velhinho pegou a mercadoria, enfiou os livros nas sacolas de papel quase estourando de tão cheias e saiu da loja irritado. Meu tio e eu seguimos o velhinho e, diante da loja, ficamos lado a lado olhando-o enquanto ele se afastava com passos cambaleantes.

— O velhinho estava bem, né? — comentei com meu tio, feliz por ver aquele visitante inesperado.

O velhinho logo sumiu do nosso campo de visão. Estava frio e ventava lá fora, mas a luz suave do sol da tarde iluminava a rua.

— Sim! Parece melhor.

— Ele deve ter vindo aqui mesmo quando a loja estava fechada.

— Sim, foi imperdoável da minha parte.

— Aquele suéter era novo, não era?

— Era novo mesmo.

— E muito chamativo, né?

— É, muito.

— Será que a roupa anterior finalmente desmanchou e ele comprou uma nova?

— O que é isso, Takako!

Desculpe, eu sei. Não devo ser indiscreta.

— Isso mesmo. — Meu tio assentiu vigorosamente e continuou falando, como se estivesse convencendo a si mesmo: — Aqui é uma loja que vende livros. — A expressão do rosto dele estava radiante e ostentava orgulho. — Um dos meus autores favoritos escreveu: "Os seres humanos esquecem de muitas coisas. Vivemos porque esquecemos. No entanto, nossos pensamentos e emoções permanecem conosco como as marcas desenhadas pelas ondas na areia." Espero sinceramente que seja isso mesmo. Essas palavras me enchem de esperança.

Um avião cruzou o céu ao longe, deixando para trás um leve rastro.

— Tio, olhe! O rastro de um avião.

Apontei para o céu. Meu tio ergueu a cabeça, olhou para cima e, semicerrando os olhos, soltou uma breve exclamação. O rastro deixado pelo avião foi se estendendo rapidamente, desenhando uma linha branca nítida e infinita no céu azul-claro.

Ali era uma pequena loja de livros usados, no bairro das livrarias, na cidade de Tóquio.

Um lugar repleto de histórias simples.

E também cheio de pensamentos e de emoções de muitas pessoas diferentes.

Este livro foi composto na tipografia Adobe Garamond Pro, em corpo 11,5/16, e impresso em papel off-white no Sistema Cameron da Divisão Gráfica da Distribuidora Record.